U0522464

我的阿尔茨海默 母亲

アルツハイマー病に
なった母が
みた世界

[日]斋藤正彦 ———— 著

童桢清 ———— 译

天津出版传媒集团

天津人民出版社

目 录

前言   1

母亲的人生   7

  母亲的双亲   11

  母亲出生，五岁时生母离世   12

  十二岁，失去父亲   13

  二十二岁，二哥在西伯利亚离世   14

  二十四岁，结婚　二十八岁，长女夭折   16

  身为三个孩子的母亲，身为丈夫的妻子   18

  六十四岁，丈夫离世，前往蒙古扫墓，之后的生活   20

母亲的日记和生活   27

  第一阶段　六十七—七十五岁
  母亲迎来迟到的青春，而衰老的脚步声却越来越近   32

    六十七岁（1991年）
    "为了不把包弄丢，我把它紧紧抱住"   32

    六十八—七十五岁（1992—1999年）
    人生集大成与临终嘱托   39

    六十八岁（1992年）
    1点28分　孙子出生，52.5cm 3.694kg   39

六十九岁（1993年）
"微风拂过，藤花轻摇"　　　　　　　　　　41

七十岁（1994年）
前往蒙古扫墓　　　　　　　　　　　　　　47

七十一岁（1995年）
"原来老人是这样的存在"　　　　　　　　　48

七十二岁（1996年）
"忘记铜锣烧的震惊"　　　　　　　　　　　49

七十三岁（1997年）
耶路撒冷之旅　　　　　　　　　　　　　　51

七十四岁（1998年）
"关于我葬礼的安排，照旧夹在老地方"　　　53

七十五岁（1999年）
意大利旅行"平平安安地过完这一年"　　　　56

第二阶段　七十六—七十九岁
走向四分五裂的生活，对抗认知功能的衰退　62

七十六岁（2000年）
结成屋纠纷"我要保重身心，一定不能痴呆"　63

七十七岁（2001年）
"我嫌麻烦，干脆做个汤泡饭"　　　　　　　71

七十八岁（2002年）
"我想住进东京的养老院"   82

七十九岁（2003年）
"我觉得自己真可悲，想快点消失"   95

第三阶段 八十一—八十四岁
被衰老蹂躏的每一天，深陷自我崩塌的恐惧   103

八十岁（2004年）
"想到自己会这么傻下去……"   103

八十一岁（2005年）
"这一天终于到了吗？"   118

八十二岁（2006年）
我是不是就要彻底痴呆了"振作起来！玲子！" 138

八十三岁（2007年）
"我好像傻了……我傻了！！"   162

八十四岁（2008年）
"我的症状一天比一天严重，我好害怕"   194

第四阶段 八十五—八十七岁
母亲后来的生活   241

八十五岁（2009年）
"电话打太多，挨骂了"   241

八十六—八十七岁（2010—2011年）
　　"长久以来，谢谢" 257

　　八十六岁（2010年）
　　"我都跟你说了我很痛苦！！" 257

　　八十六岁（2011年1—4月）
　　"快想想办法吧！" 263

　　八十七岁（2011年5月）
　　"请保重身体" 267

痴呆症是什么 275

　　阿尔茨海默型痴呆症的定义 278

　　阿尔茨海默型痴呆症患者猛增的现象背后 279

　　研发出根治阿尔茨海默病的药物是可能的吗？ 282

　　重看母亲的诊断 284

母亲的人生之旅 291

后记 299

致谢 305

前言

我选取了母亲从六十七岁到八十七岁之间约二十年的日记，在本书中进行分析。我的母亲在去世前四年，也就是她八十三岁的时候，被确诊为阿尔茨海默病。我之所以选择将她六十七岁时写下的日记作为分析的起点，是因为在这一年的日记里，头一次出现了她对自己健忘的记述。母亲确诊之后，她写下的文字逐渐失去了日记应有的记录特征，到后来，小本子上只剩下碎片化的词句，传递着母亲的思绪。

母亲视和歌为人生的挚友。本书的标题"世间万事虽难了如心愿"（ことすべて叶うこととは思わねど），这句话来自母亲在人生落幕前夕创作的和歌："万事虽难如愿，我仍要笔直踏步，一路前行。"关于这首和歌是怎么诞生的，我将在本书的最后详细讲述。

在母亲逐渐丧失生活自理能力的过程中，家庭成员之间就母亲当时的状况和将来的生活展开过多次讨论。算我在内，母亲一共有三个孩子。在我们子女三人及各自配偶之间的往来邮件中，交杂着每个人在面对身患痴呆症的母亲时内心的困惑。另外，当时有一位心理学专业的研究生帮助母亲进行认知康复训练，每周两天。这位学生为我们家庭成员写下的训练报告，也是关于母亲的记录资料之一。如果把这些第三者的记录资料和母亲留下的碎片化记录结合起来，我们就可以还原出母亲患病晚期的心理状态和生活状况。包括日记在内，本书作为分析对象的文章都是当时当场写下的文字，并非事后带有目的性的回溯。

身为一名精神科医生，我的专业领域是痴呆症。母亲患上痴呆症后，无法应付居家生活。她搬去了养老机构。我在帮她整理行李时，看到房间的书架上摆着很多本日记，于是决定让母亲把它们留给我。身为一名痴呆症的专业医生，我很想知道母亲被确诊为阿尔茨海默病后，在日记本上写下了什么。从我孩提时代开始，只要是"以学习为目的"的事情，母亲大多都支持我去做，这时候也是。对我"以研究为目的"的请求，母亲二话不说，同意让我随意使用她的日记。

一开始促使我写这本书的动因，是我作为痴呆症专业医生的兴趣。1980年，在我大学毕业的时候，精神医学教科书上是这样写的：阿尔茨海默病的患者意识不到自己健忘。之后，从事临床医师四十年的经验告诉我,当时教科书上的观念是错误的。试问,当发现自己的精神和认知功能出现异常时,对此不感到不安的人真的存在吗?不仅是痴呆症,以往的医学认知认为精神疾病也是如此。精神科医生以非常客观的态度来看待患者的精神异常现象,如果患者不承认自己的病症,可以理解为患者对自己的病没有正确的认识。

患者无法做到和医生一样,以从外部对病况进行观察、客观地记载症状的方式来认识自己的病情。患者对自身的认知功能和精神异常感到困惑和不安,可是精神科医生对患者主观产生的负面感受并没有充分理解。不是只有医生通过客观观察、记述下的症状才是精神病症。我认为医生应该更关注患者自身主观所感受到的症状。我希望通过分析母亲的日记,打破精神医学上断定痴呆症障碍老龄患者对自身病状了无察觉的错误认知,揭示我们对患者亲身经历的痛苦的理解是多么浅薄和欠缺。

生活在超级老龄化社会之中,"痴呆症"状态可能发生在我们每一个人身上。因此,我相信重新认识痴呆症,不仅对专业领域的从业人员,而且对当下社会的每一个人都富有启示性意义。

我的母亲自幼热爱文学,擅长写作。本书选取了母亲二十年间的日记,但实际上她坚持写日记的时间要更长,我只是从中挑选出一些,在这里作为分析的对象。母亲并非为了给别人读才写下这些文字。身为一名高龄人士,母亲是如何认识自己认知功能下降,以及由此带来的种种不便呢?她又是如何处理的?我希望自己从精神科医生的角度对上述问题做出分析。

母亲的认知功能逐渐退化,这个现实很快成为高耸在儿女眼前的无法撼动的大山。尽管我们做儿女的想出一份力,但我们被自己的生活缠住了手脚,筋疲力尽,瞻前顾后。直到母亲临终前,家族成员内心的动荡都未能平息。现在回想起来,直到最后的阶段,儿女担忧的事情和母亲不安的来源之间一直存在着裂隙。我决定把我们子女之间互相发送的电子邮件以及我自己的日记作为俎上之肉。这里面展现出挣扎、儿女与母亲心灵的错位,它们不仅讲述了一位坚持写日记的特殊患者和身为痴呆症专业医生的儿子之间的故事,更是现代日本社会中,每一个普通家庭照护老年人的写照。

在进行日记分析之前,我并没有想到这本书还具有另一重意义。随着我不断地阅读母亲写下的日记,我开始思考这本书显露出的另一层内涵。那就是母亲所生活的时代史借由她的文字被呈现出来。母亲出生于大正末期,在昭和初期度过孩童时光,第二次世界大战的激荡将她的青春年华裹挟而去。战败后,母亲迅速步入婚姻,相夫教子,把养育三个孩子视为自己人生中最重要的事。日记所记录下的,便是这样一位平凡的女性在丈夫去世后的二十余年间的生活图景。

诚然,母亲的日记仅仅是个体的记录。发生在母亲这样的市井老人身上的事情,乍看上去和社会中绝大多数人并没有任何直接的关联。可是,如果以母亲自己讲述的生活史为纵线,以她遗留下的日记中所记录的日常事件，以及在她衰老的过程中，以身边的家庭成员当时的思绪和心境为横线，交织成一张时间的挂毯，那么这张挂毯上既描绘了母亲个人的人生故事，又生动勾勒出一幅属于她所生活的时代的画卷。

在平成时代（1989—2019）落下帷幕，昭和时代（1926—1989）逐渐远去的今天，母亲的日记记录下一位经历了战争和战败后日本社会的平凡老人的故事。在阅读母亲日记的过程中，我慢慢地发现了它们在精神医学领域之外的价值。

母亲去世几年后，我才开始阅读她的日记。就像前面写到的一样，作为一名老年精神医学研究者的野心驱使我阅读母亲留下的十八本手写日记、字迹凌乱和文意模糊的笔记以及大量的邮件和附件，并希望对它们进行分析。母亲留下的日记让我能够从精神医学的角度去分析她被确诊阿尔茨海默病之前的十几年间所经历的事情，我认为这在精神医学领域将是一项崭新的研究。开启阅读母亲日记后的几年里，我在面向专业医师的演讲中，曾数次论及母亲患上痴呆症后的心灵轨迹。演讲获得了如期的反响。但当我为了向专业期刊投稿，着手把这些内容整理成论文的时候，我开始认为母亲的经历不应该只呈现给医学和照护领域的专家，我希望社会上的普通人也能够了解母亲的故事。

这本书写了好几年。我正在写这篇"前言"的当下，离母亲去世已经过去了十一个夏天。学术杂志刊载的文章有一些固定的风格，我自身在四十年的工作经历中对此已是熟稔于心。如果我只是写学术论文倒不会花这么长的时间。再者,学术论文的读者群形象在文章发表前便已大致确定。拿我来说,我的论文读者是和我一样做老年精神医学和痴呆症的专业医师,或者立志踏入该领域的人。如果能看见对方的脸,很容易进行自我表达。可是,如果面对的是看不见脸的普通读者,对我而言要写下合适的文字不是一件易事。哪怕现在书已成稿,我写下的文章是否真的有阅读价值,对此我毫无自信,只能交付给各位读者定夺。

最后还有一点我希望在此澄清。如我在前文阐述的,本书重要的主题是呈现一位确诊阿尔茨海默病的女性如何通过受损的大脑认知功能眺望、感受外部的世界。这本书并非理解痴呆症的方法指南。我谨盼读者切勿将母亲的日记看作"阿尔茨海默病患者"的日记,并试图在其中找寻疾病的征兆。在"母亲的日记与生活"这一章中,为了便于理解事态的发展,我仅在最低程度上从精神医学的角度进行解说。在接下来的"什么是痴呆症"一章中,我会对痴呆症做出综合性的说明。首先,我希望读者能够抛开一切先入为主的观念去阅读母亲的日记。

母亲的
人生

在进行日记分析之前，我想先对母亲的人生进行一次回顾。因为了解母亲是怎样的人对于分析她的日记非常重要。虽然母亲患上了阿尔茨海默病，但她绝不能简单地被归为"阿尔茨海默病患者"，也不是"得老年痴呆的人"。就算母亲患上了阿尔茨海默病，就算她患病症状越来越明显，母亲依然是一位名为斋藤玲子的女性。

不论我是作为儿子，还是作为一名精神科医生，向读者传达这一点对我而言都有很重要的意义。恳请各位读者给予耐心和理解。

1991年（平成三年），父亲去世已经三年了。在这一年，母亲写下一篇题为《老去》的文章。这篇文章意味着母亲开始为往后驶向死亡的生命旅程做准备。母亲的目的，是希望给孩子们留下自己生平的记录。因此，弟弟出生后，母亲停止了对年代大事件的记录。另一方面，从2007年（平成十九年）开始，母亲的认知功能已经出现了明显的衰退。在两位研究老年人心理学的研究生的主导下，母亲留下了人生回顾[1]的记录。人生回顾是一种针对老年人群体的心理治疗方法，通过回顾自己的人生来发现其中的意义。第一个问题是"请写下您能记起和知道的所有关于丈夫的事情，比如他的出生年月日、于哪一年去世、他的成长家庭、曾经从事怎样的工作、是一位怎样的父亲"。母亲要逐条写下记得的事情，到第十一个问题"您家附近是什么样子，请画出从家去幼儿园、小学的路线图，请把您想起来的事情全部写下来，比如对门的人家是怎样的、隔壁住着什么人"。在每张A4大小的竖线纸的最右边，写着一个问题。母亲在空白处写下能记起的全部事情。这十一个问题是我出的。协助母亲进行人生回顾的，是当时就读于东京学艺大学研究生院，学习老年人心理的紫藤惠美和相泽亚由美（此处采用两位的旧姓）。两人每周交替着来拜访母亲两次。她们根据母亲在答题纸上写下的答案和她进行

---

1 人生回顾（life review）：一种通过回顾、评价及重整一生的经历，使人生历程中一些未被解决的矛盾得以剖析、重整，帮助个体发现新的生命意义的心理和精神干预措施。其概念最初由美国内科医生、老年病学家和精神病学家罗伯特·尼尔·巴特勒（Robert Neil Butle）在1963年提出。——译者注（本书注释若无特别说明，均为译者注）

交流。那个时期，母亲已经丧失了组织长句的能力。紫藤和相泽替母亲将她的话整理成文字或地图。随着母亲病情的恶化，她的话语表达越发支离破碎。而两人制作的母亲孩提时代的生活场所地图，为我们提供了理解母亲话语的重要线索。后来的叙述都记录在以下的两篇文章中了。这曾是母亲非常期待的部分。

母亲的双亲

我的母亲出生于 1924 年（大正十三年）5 月 17 日。父亲是森冈保喜，母亲是森冈寿美。母亲有两个哥哥、两个姐姐，另外还有一个同母异父的姐姐。母亲的父亲，也就是我的外公，出生于 1875 年（明治八年），是当时的土佐藩士、大高坂家分家[1]的次男。虽然爷爷在家里是老二，但因为长兄的放浪形骸影响到家族的未来，于是身为次男的外公肩负起了家族的重担。

外公在东京生活期间，曾在神户短暂居住过一段时间。正是从那个时候开始，外公成为俄罗斯东正教的信徒，直到他去世。在神户，外公娶了一名老家在淡路岛的女性，生下四个孩子。妻子不幸离世之后，外公和亡妻的妹妹寿美再婚。寿美就是我的外婆。外公在警视厅工作，靠着勤工俭学顺利从中央大学毕业。之后，他成为东京市的地区公务员，后来以赤坂区长的身份退休。

1　分家：指一个大家庭的成员从原有家庭独立出来后建立的新家庭。

母亲出生，五岁时生母离世

母亲的个人史从生母留在她记忆里的零星片段开始。

"我记得有一天晚上，正声哥哥拿着用罗纱纸剪出的角色纸片正在演皮影戏。房间的墙壁上投射出骑在骆驼背上前去做礼拜的三博士的模样。我坐在妈妈的膝盖上。哥哥和姐姐们围坐在弹奏风琴的宽子姐姐（长女）周围，全家人一起唱起了颂歌《普世欢腾》[1]。（略）直到现在，房间里曾经的那个位置依然会让我想起当时坐在妈妈膝盖上的感觉。第二年的春天，妈妈就因为急性肺炎去世了……"

我的外婆是1929年（昭和四年）9月6日去世的。所以在外婆去世前一年的平安夜，母亲只有四岁。母亲对这件事情的记忆究竟是真实的，还是基于别人的描述加以润饰的，这不得而知。不过，母亲说那一年的平安夜是她一生中最早的记忆，也是外婆在身体仍健朗的时候留在她心里的唯一记忆。母亲的下一段记忆，要跨越到九个月之后。

"有一天，妈妈突然倒下了。医护人员用担架把她从家里抬出去，送到医院住院。一切都让人猝不及防。近邻的人把家门口堵得水泄不通，我没办法跟在妈妈的身后出去。于是我飞奔上二

---

[1] 《普世欢腾》（*Joy to the World*）：最著名的圣诞颂歌之一，歌词由英国公理会牧师、诗人以撒·华兹根据《圣经·旧约》的《诗篇》第98章创作于1719年。

楼，趴在阳台的扶手上，目送她被担架抬走。我一个人在阳台上哭了。当天傍晚，来家里帮忙的阿贯拉着我的手，带我到日赤医院和妈妈告别。在空旷的病房里，妈妈孤零零地躺在唯一的一张病床上。我的身体因为恐惧而变得僵硬。到现在我依然清楚地记得母亲看到我在退缩时的目光。"外婆在那一天告别了人世。

1930年（昭和五年），母亲读完幼儿园，进入小学。大约这前后，外公娶了新的妻子。然而除了已经进入大学校园的大哥，不论是对于年幼的母亲，还是大哥下面的所有孩子而言，和那位继母的共同生活都称不上一段幸福的时光。

母亲这样写道："每一次那张充满脂粉味的脸凑过来想亲我的时候，我都很想逃跑。但是，当时我年幼弱小，又想到爸爸的立场，只能闭上眼睛接受。"

十二岁，失去父亲

外公在母亲小学四年级的时候不再担任官职。之后，母亲度过了一段幸福的家庭时光。这里，我再次引入母亲的回想。

"爸爸爱好汉诗，他擅长吟诗作赋。我记得他会在房间铺上羊毛毡，在卷轴上写汉诗，大砚台里面装满磨好的墨汁。我陪他一起去有栖川宫公园散步时，他也会嘴里念着自己创作的汉诗。我很喜欢陪爸爸散步。周日我们会一起走到位于四谷左门町的教会。返程的路上绕到外苑，在青年馆吃三明治或者鸡肉番茄酱炒饭当作午餐，接着去游乐园玩耍一番，最后穿过青山墓地，走到麻布。那是我独享爸爸的时间。他是个性格安静的人。"

可是幸福的时光稍纵即逝。1935年（昭和十年），母亲小学六年级的时候，外公倒在了病床上。翌年1月5日，外公因患胃癌于日赤医院病逝。外公死后，原本就和孩子们合不来的继母离开了家门。至此，母亲在小学六年级的时候就已经失去了双亲。之后，母亲从青山学院高等女子学部毕业，在战败的1945年（昭和二十年）进入东京女子大学国语专业学习后毕业。这期间，母亲几乎都是靠哥哥和姐姐们的抚养才长大的。

二十二岁，二哥在西伯利亚离世

母亲年幼时遭遇双亲去世，后来二哥（也就是我的二舅正声）在西伯利亚期间也不幸逝世。相较于承担起父亲角色的大哥，母亲和二哥正声的关系更近。二舅[1]从京都帝国大学[2]毕业后进入农林省工作。母亲的相册里还留存着在赛马比赛上，二舅骑马跨越障碍的照片，可见母亲对二舅的崇拜之情。母亲虽没有练过骑马，但说起赛马来如数家珍。后来得知女儿进入大学后开始学骑马，母亲喜出望外。

1　二舅：为便于理解，将母亲的二哥正声统一为作者辈分的称呼。
2　京都帝国大学：1897年创立，日本第二所帝国大学，京都大学的前身。

回到二舅的故事。虽然彼时二舅已过而立之年，但随着日本政府的败退，他还是在战败前夕的1945年（昭和二十年）正月收到征兵通知，不久后便出发了。二舅所在的队伍是日本派出的最后一批军队。很快日本政府就宣告投降了。二舅成为苏联军队的俘虏，被遣送到西伯利亚。在后来的一段时间里，二舅杳无音信。战争结束后又过了几年，才有消息说二舅在西伯利亚的第二年便离开了人世。然而，在听闻这个消息之后，母亲依然坚持从西伯利亚返还者那里收集信息。我出生在1952年（昭和二十七年），据我的记忆，至少直到20世纪50年代末，也就是我五六岁的时候，时不时会有从西伯利亚回来的人专程来到家里，声称知道二叔的消息。有人自称在二叔成为俘虏之前，曾替他照顾马匹。此人详尽地讲述了从二舅所属的整个部队都沦为俘虏，到他被送往收容所之间的那段时期的情况。父亲未曾对这些人的到访表示过拒绝，有的人甚至拖家带口地来我们家短暂逗留。父亲说，那些人中有一大半都是利用母亲渴望知道二舅消息的迫切心情，来诈骗钱财的。

父亲自己也曾经在南方经历过战俘生活。战败近在眼前，在战局即将陷入绝望的泥沼之际，一些政要和军队高官开始把自己的家人送回日本国内避难，可一转身却毫无意义地继续派兵出征。二舅沦为苏联的战俘，被强制进行劳动，最后命丧极北之地。父亲没有将那些人拒之门外，一定是他也感受到了母亲因降临在二舅身上的荒谬结局而感到的悲哀。

姐姐出嫁、哥哥离家后，母亲也离开了家。直到日本战败，她都生活在坐落于杉并区内的东京女子大学的宿舍。刚进入战后的那段时期，为躲避东京的混乱，母亲搬到山口，投靠在旧制山口高等学校担任教授的大哥，在那里度过了一年时间。其间，母亲在当地的天主教堂结识了来自西班牙的路易斯神父、阿鲁佩神父和比斯卡拉神父，听从他们的教诲。母亲从家庭传统的正教会信仰改宗为天主教信仰。"新的人生开始了。在山口，我收获了人生的果实。"母亲回想道。之后，这三位神父也以不同的方式支撑着母亲的生活。阿鲁佩神父之后成为天主教会的会长，为世界的天主教会尽心尽力。比斯卡拉神父曾几次做客母亲位于船桥附近的家。母亲曾欣慰地给我展示比斯卡拉神父离开日本远赴菲律宾后寄给她的圣诞节贺卡。贺卡上写着"真想再次回到日本，品尝你家里种的柿子"。我至今依然记得母亲笑着说："阿鲁佩神父工作认真，值得敬佩。比斯卡拉神父性格大大咧咧，所以他很难混出名堂。"然而，母亲信仰的支柱不是才华横溢的阿鲁佩神父，而是"掉队"的比斯卡拉神父。

二十四岁，结婚
二十八岁，长女夭折

母亲返回东京后，于1948年（昭和二十三年）12月与菊夫，也就是我的父亲，结了婚。1949年（昭和二十四年）11月生下第一个孩子，我的姐姐恭子。1952年（昭和二十七年）4月，我出生，是家里的长子。之后仅仅过了三个月，恭子姐姐不幸因为伤寒去世。我想，不仅是母亲，在父亲的心里，乃至夫妻二人的关系都因为恭子姐姐的死亡而留下不可磨灭的伤痕。尽管母亲住在东京北部的千叶县船桥市，结婚后她依然和自己的母校——东京女子大学和青山学院保持着联系。但长女夭折后，母亲就把自己关在了船桥的家中。我是看到母亲房间墙上挂着的照片才知道恭子姐姐这个人的。从母亲只言片语的回想中，我得以窥见照片上的人是谁，有怎样的性格。可我从来没有听父亲谈起过恭子姐姐。家里面除了母亲房间以外的地方，找不到任何照片，或是其他和恭子姐姐有关的痕迹。爱好摄影的父亲在生前留下了许多家庭成员的照片。除了我的第一本相册里贴着一两张我和姐姐的合影，以及母亲房间里装裱起来的照片，其他地方看不见一张姐姐的照片。母亲说，父亲曾经和她一起去教会，可自从恭子姐姐离世后，父亲断绝了和教会的关系。虽然父亲没有做任何阻碍母亲信仰的事情，但直到他本人去世，也没有再显露出任何对教会、对信仰的兴趣。在两人既往的人生中，母亲拼命地守护着关于恭子姐姐的回忆，而父亲却把那段回忆永远封印在了心灵的最深处。

　　尘封柜屉三十载
　　翻开绘本尤见
　　小儿指印依稀

身为三个孩子的母亲，
身为丈夫的妻子

　　1954年（昭和二十九年），我的弟弟、次子阳彦出生。1958年（昭和三十三年），我的妹妹、次女绿出生。在这之后，养育三个孩子和照顾父亲的衣食起居占据了母亲生活的全部。父亲用自家的房子开办了牙科诊所。他对进食时间的要求极为严苛：12点吃午饭，午休一小时后开始下午的工作，傍晚6点工作结束后吃晚饭。日日如此。而且，父亲吃饭的时候总要母亲陪在身边，如果母亲不在，他几乎不会吃用人准备好的餐食。这对母亲而言是很大的负担。虽然我生活的家在千叶县船桥市，但是对于在东京成长、在东京学习的母亲而言，她的朋友和感兴趣的事物大多在那里。为了配合父亲12点吃午饭、6点吃晚饭的时间安排，母亲的生活必然受到了很大的制约。当时的交通不像今天这样便利，要避开父亲的进膳时间，去东京办一件事情，在现实层面上几乎是不可能的。

　　母亲抛下父亲外出的情况极为特殊，所以那样的时刻都鲜明地留在我的记忆里。只有参加水町京子[1]老师一年里举办几次的短歌会，还有东京女子大学一年一度召开的同学会暨花园聚会，

---

[1] 水町京子（1891—1974）：出生于香川县高松市，日本的和歌短歌创作者（歌人）、教育家、作词家。

母亲才会外出。母亲出去的时候总会把我们几个孩子带上。在过去那个年代，家里有雇请的用人，她完全可以把我们留在家里。我想，也许是母亲自幼失去双亲，后来又痛失长女的经历让她在身为人母之后，变得不能让孩子离开自己片刻。在东京女子大学的花园聚会上，母亲脸上洋溢着极少展露的喜悦，身处宛如国外的校园景致。一年仅有的一次，母亲会从摊位上给我买棉花糖。母亲喜悦的模样，包裹着棉花糖的甘甜，清楚地留在了我的脑海里，直到今天。

母亲就是这样把我们三个孩子抚养长大。弟弟结了婚以后离开家开始了自己的生活，我也于1980年（昭和五十五年）从大学毕业，在单位附近开始了单身生活。家中只剩下父亲、母亲、妹妹三人。此时母亲五十六岁。和我成长的那个年代相比，日本社会整体变得很富足。没有了照顾孩子的工作，母亲的生活里有了更多的个人时间。她逐渐拓展自己的活动范围，除了一直坚持参与的短歌活动，母亲每个月还和大学的好友一起组织日本古典文学的学习会，以及和教会的交往，等等。

可这样的生活持续了还不到两年，就因为父亲接受胃癌手术而遭遇转折。幸运的是，父亲的病在相对早期的阶段接受了手术治疗，因而术后恢复得很顺利。但父亲的胃被切除后，一天里要分五次进食。母亲的生活又一次受到严格的限制。其实在这之前，两人的夫妻关系完全是父亲主导，父亲说一只猫是黑猫，哪怕那只猫实际的毛色是白色的，母亲也会肯定他的说辞。但手术之后，两人的关系出现了微妙的变化。父亲变得更加依赖母亲。虽然母亲处处都谦让父亲，但从我们孩子的角度来看，母亲内心的紧张逐渐散去，她越来越能在父亲面前说出应该说的话。

这是当时母亲创作的短歌，仿佛两人的关系浮现于眼前。我很喜欢这首歌。

> 夫于就寝前唤
> "给我背上擦点药"
> 我举手　落下一敲
> 告之"完事"

六十四岁，丈夫离世，前往蒙古扫墓，之后的生活

1988年（昭和六十三年），距离父亲手术已经过去了七年，复发的可能性已从我们的意识里消失。恰恰就在这时，父亲在定期体检时发现肺部出现了一片异常阴影。抱着术后癌细胞不会发生转移，病情逐步稳定的预期，父亲接受了手术治疗。但在术后恢复的过程中，父亲患上了肝脓肿。在那一年的12月8日，父亲永远地离开了我们，享年六十七岁。父亲在去世前按照母亲的心愿，接受了天主教会的圣礼。在我看来，父亲接受圣礼的决定与其说是在预感到自己死亡的那一刻接受了天主教信仰，不如说

是对同母亲一起度过的四十余年夫妻生活的交代。在婚姻生活的早年，两人遭遇孩子的夭折。父亲接受洗礼，也代表着两人共同跨越了这段经历所导致的心灵裂缝。

就这样，在1988年12月8日这一天，母亲失去了四十余年与之为伴的丈夫。

父亲去世后，只剩下母亲和在公司上班的妹妹在父亲生前经营牙科诊所的大房子里生活。母亲的婚后生活里第一次出现了自由时间。刚开始的时候，她看上去并不像是在享受这段自由时光。几年过去了，家中诊所的诊疗室里依然放着父亲的皮拖鞋。每当碰着什么好事，总会从母亲的口中听到一句"要是你爸还在的话，他该多高兴"，随着一声叹息而至。然而时间流逝，母亲的活动范围眼看着越来越广。不光是和学生时代的朋友交往，参加从年轻时就坚持参与的短歌集会，母亲还会去体育馆运动、上钢琴课以及到各处出行，另外还开始在家里教留学生日语。

恰好在这段时期，1991年（平成三年）3月，《朝日新闻》开始了题目是《冻土的悲剧（蒙古吉村队事件）》的系列连载。苏联解体后，关于西伯利亚滞留者的信息更透明化了。同年4月，政府公开了用片假名记录的一千五百余名蒙古滞留死亡者的名单。母亲在里面发现了"モリオカ　ショウジ（Morioka Shoji）"这个名字。二舅的名字用汉字写作"正声"，但读音却是"まさな（masana）"。很少有人能读对。母亲根据迄今为止收集到的消息

断定名单上的人就是二舅。她为了核实自己的判断，四处奔走。三年后的1994年3月，母亲终于收到来自厚生省的消息，承认死亡者名单中"モリオカ　ショウジ"是"森冈正声"的误读。尽管直到现在，厚生劳动省的滞留死者名单表记载的依然是"モリオカ　ショウジ、东京都、森冈正声"。也许对于国家而言，西伯利亚滞留的历史、在流亡地丧命的死亡者叫什么名字这些事情都无关紧要吧。

  泛黄的军信纸上
  年少兄长字迹依稀
  "梦里归家
  生父忌日　亲人坐于席间"
  乃吾兄最后书言
  战友生还追往昔
  见他绳环目耳　眼镜碎裂
  一千五百十九人
  俘虏亡者名
  一行字一人命

  1994年夏天，日本蒙古友好团体成员很偶然地读到母亲刊载在同人志上的和歌，向她发出善意的邀请。母亲从名古屋机场搭乘据说是回收的日本二手飞机的"危"机，前往蒙古。虽说是

8月,但蒙古的荒原上却刮着夹杂雨水的寒冷秋风。在日本蒙古友好团体多位成员的帮助下,母亲在滞留者墓地的八百余个墓碑中找到了二舅的铭牌。战争结束的四十九年后,母亲终于有了给二舅扫墓的机会。

> 今我立于此
> 采石场旧地
> 吾兄沦为虏
> 伛行重石间

> 天河熠熠闪
> 蒙古夜夜深
> 遥望故国远
> 乡愁寄天际

> 夏日原野间
> 我盼花一枝
> 吾兄丧于此
> 乌兰巴托地

二舅的死给母亲的青春时代蒙上了一层伤感的阴霾,笼罩着她的心。哪怕得知二舅的消息,这一层阴霾也不会被吹散丝毫。

母亲得知二舅音信的那一年,海湾战争爆发。电视新闻的影像里,被押送的伊拉克士兵成群结队地行走在沙漠里。这一番景象重新揭开了尘封在母亲内心的伤疤。

  沙漠连一线
  俘虏相曳行
  我犹见吾兄
  步行蒙疆域

  父亲离世后,母亲也开始准备起自己的后事。1991年,得知二舅的消息后,母亲做的第一件事就是写自己的个人史。前文中提到的母亲为自己写下题为《老去》的个人史,便是她为自己身后所准备的第一项事情。接着,她给自己缝寿衣,1996年(平成八年)1月,母亲七十一岁时写下了遗书。母亲的一生经历了年幼时死别双亲,二哥死于西伯利亚,为夭折的幼女祈祷,以及之后大哥夫妇和姐姐们的离世,再后来与丈夫告别。
  母亲的晚年虽看似一曲对自由生活的高歌,实则是不断靠近死亡的孤独之行。

  兄战因亡,
  夫癌病亡,
  生死之劫,日夜盘踞我心

独居今日,思绪绵绵
翻开日记本,落笔于莫奈画页
若我相信,灵魂自有归国
纵然化为白骨,愿将之奉于此世

  最后一首和歌所指涉的是母亲给自己办理了死后将遗体捐献用于医学教育的手续。

母亲的
日记和生活

现在，我们会阅读和分析母亲从1991年开始写下的每一年的日记。1991年也是父亲去世后的第三年。母亲过着健康的生活。为了让大家能更加了解母亲的生活，本书摘录了主要年份里母亲在每个4月第一周的日记。摘录的文字基本上是母亲写下的原文，有错字和漏字的情况。不过母亲在写日记之初，并无给他人阅读的本意，难免有一部分的内容只从文面来看很难厘清头绪。对此，我只做最低限度的加注，在＜＞内做补充说明。日记中关于家庭成员的表述时而会有不同，为了便于读者理解，我把家庭成员之间的亲缘关系列在下表中。家庭成员之外的出场人物，原则上采用英文＋日语假名标注。

出场人物表

姓名	别名	亲缘关系
斋藤正彦	M、阿正、正、大正	长男
斋藤阳彦	A、阿阳	次男
斋藤绿	m、绿子、绿、小绿	次女
斋藤阳子	Y	正彦的配偶
斋藤佐智子	S、佐智子	阳彦的配偶
斋藤智彦	小智	孙子

表1 母亲晚年的生活大事记以及日记中与认知功能衰退相关记载的数量

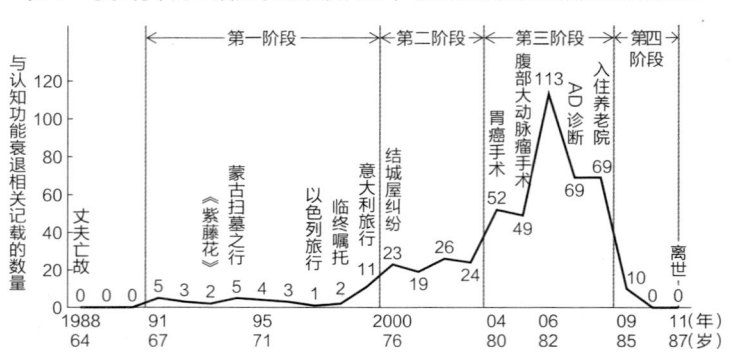

第一阶段：丈夫亡故(1988, 64岁) 0；(91, 67岁) 0；《紫藤花》5；3；蒙古扫墓之行 2；5；(95, 71岁) 4；3；以色列旅行 1；临终嘱托 2

第二阶段：意大利旅行 11；结城屋纠纷 23；19；26；24（2000, 76岁）

第三阶段：胃癌手术 52；49；腹部大动脉瘤手术 113；AD诊断 69；入住养老院 69（04, 80岁；06, 82岁）

第四阶段：10；0；离世 0（09, 85岁；11年, 87岁）

表1标记的是在一年之内母亲日记里出现的、关于健忘等认知功能衰退相关表述的次数，以及母亲生活里发生的标志性事

件。在此，我根据认知功能衰退的相关表述所出现的天数变化和日记内容两个基准，将母亲的日记划分为四个阶段。

第一阶段是从六十七到七十五岁（1991—1999），这个时期母亲从育儿和照料丈夫的束缚中获得解放，享受自由生活。可就在母亲尽情享受生活之际，不经意间却看见衰老的阴影已经慢慢逼近自己脚下。

第二阶段是从七十六到七十九岁（2000—2003），这个时期母亲的认知功能衰退程度已经超出了自然衰老的变化水平，日常生活的解体变得越发明显。表1中的"结城屋纠纷"事件是母亲痴呆症发展的一大转折点。此事我在后面再做详述。这个时期，母亲对自己痴呆症的不安之情越发膨胀，同时她竭尽全力地对抗自己内心的不安，保卫着自己的生活节奏。

第三阶段是从八十到八十四岁（2004—2008），这个时期维持社会生活对母亲来说变得非常困难，操持家庭生活的能力也一点一点地下降。在对抗自身认知功能衰退的战场上，母亲被逼到严防死守的一角，不久后她失去了斗志。

第四阶段是从八十五到八十七岁母亲去世（2009—2011），这个时期母亲几乎没办法再写日记。取而代之，我用母亲的心理治疗师写下的报告，以及我的日记、家庭人员间的邮件等当时留下的记录资料来描述母亲的生活和心理状况。在第四阶段，母亲的日常起居已经离不开照护。即便如此，直到生命最后的日子，母亲依然努力好好地活着。

第一阶段
六十七—七十五岁
母亲迎来迟到的青春,而衰老的脚步声却越来越近

从六十七到七十五岁,母亲从丧夫的悲痛中走出来,她充满热情地一件又一件着手做自己一直想做却未能实现的事情,宛如重新找回了被战争夺走的青春。可是,在这个阶段的后期,母亲开始频繁地感到疲惫,逐渐变得健忘、出现错觉,以及由此引发的判断失误等症状。潜伏的衰老阴影一步一步地朝重获人身自由的母亲靠近。

六十七岁(1991年)
"为了不把包弄丢,我把它紧紧抱住"

父亲去世后,天主教信仰、参加和歌学习会、参与同人[1]志以及后来教留学生日语的工作成为母亲的生活重心。因为留学生中有母语是西班牙语的学生,母亲开始在电视上学习西班牙语。

---

[1] 同人:指有共同爱好、志趣的个人或团体。同人志是一群同好共同创作出版的书籍、刊物。1874年(明治六年),从美国留洋归来的政治家森有礼创刊的《明六杂志》被认为是同人志的先驱。明治时期,同人志盛行于日本文学界,夏目漱石、志贺直哉、尾崎红叶等均有参与。

我想，母亲之所以想学西班牙语也许还有另一个原因，那就是耶稣会的创始人之一、把基督教带到日本的传教士方济各·沙勿略（Francisco Javier，1506—1552）出生于西班牙。单从母亲1991年的日记便可得知，她一个月里招待了不下二十位客人，除了在家附近购物，她一个月内的外出次数接近二十次。这个频率对一位六十七岁的女性而言，可以说她的社交生活非常活跃。

4月1日（周一）

早晨，早起后到旁边的电车站和北村碰面，拿到了同人志朋友出版的和歌集。我们计划各自分工，撰写书评。拿到书后我径直回家。家里的卫生打扫拖了两三天，今天终于用半天时间收拾了一遍。今天电视上会播西班牙语课。我从去年开始听，今年已是第二个年头，我自觉更容易理解一些了。下午收到了短歌的同人志《白昼下的原野》[1]。吃完晚饭，我正在学西班牙语的时候，坂本打来电话。我们聊了一会儿。

4月2日（周二）

我的日语学生阿利欧（Alejo）来了。阿利欧

---

1 《白昼下的原野》：原文为"まひる野"，创刊于1946年3月。

还没有习惯日本的生活，听到我用西班牙语跟他打招呼，他很高兴。阿利欧说他打算今年秋天在日本考研究生。我必须好好教他。我们的第一堂课上了九十分钟。晚上接到山川的电话。吃过晚饭后，阅读昨天收到的杂志《白昼下的原野》。

4月3日（周三）

上午，米尔顿（Milton）来上日语课。他的日语进步非常大。下午，出门去银行取钱。我看着记账本，思考着为什么钱消失得这么快。社交活动和研修上的支出变多了。我在心里告诫自己之后要多加注意。直子打来电话。3月31日，大儿子参与录制了一期关于早发型阿尔茨海默病[1]患者的生活的广播节目。直子听过节目后打来电话。她非常感动，在电话里哭了。寺田也打电话过来，告诉我节目非常好。我希望大儿子今后坚持修身律己，顺利成为医生。这段时间女儿好像工作繁忙，每天很晚才下班。不过今天她因为要去拜访茶道老师，回来得早。我第一次见到群生的猪牙花，很受触动。二

---

[1] 早发型阿尔茨海默病：阿尔茨海默病患者多发病于65岁以上的高龄者，国际定义65岁以下发病的阿尔茨海默病患者为早发型阿尔茨海默病。

轮草白色的小花也十分惹人怜爱。

4月4日（周四）

今天是短歌同人会"土笔[1]会"集体郊游的日子。我们去了泉自然公园。虽然赏樱还为时尚早，但白色的辛夷花、粉色和白色的桃花已经绽放。花团锦簇，景色颇为壮丽。山茶花、彼岸樱也开了。等到樱花盛开的时候，这里一定被人潮挤得水泄不通吧。同人会的坂本在这里为我们展示了太极拳。

4月5日（周五）

学生米尔顿今天带了卡洛斯（kalos）来。卡洛斯给人的印象是坦率，一副好青年的模样。朋友邀请我下周一同去升仙峡赏桃花。虽然又要多花钱，但我一直想去那里看桃花，于是决定去。拿到了昨天拍的猪牙花照片，拍得不错，真开心。绿子从今天开始要去大阪以及和歌山出差。晚上，我怎么也没料到森野会来拜访。我们已有二十七年没见，太高兴了。

---

[1] 土笔：日本对问荆草的孢子茎的称呼，问荆草初春时发芽，芽头形状如笔头，在地表上笔直升起。

4月6日（周六）

　　本来有些轻微的感冒症状，傍晚稍微睡了一会儿，现在身子完全恢复了。今天早上洗了很多冬天的衣物。下午，去虎之门参加日语教育的讲习会，但全是以前听过的内容，没什么意思。下午开始下雨，晾在外面的衣服倒了大霉。晚上，大儿子夫妇来看我。很感谢。

4月7日（周日）

　　从教会回来后，我去参加了千叶县议会的选举。我把票投给一位看起来不算执拗的保守派候选人。下午在家整理堆积的照片，把它们贴在相册里。吃过晚饭后为学生阿利欧备课。

　　《白昼下的原野》是歌人洼田章一郎[1]先生主导的短歌同人杂志。母亲每个月都会向这本杂志投稿。在她的日记里，经常出现关于这本杂志的记述。

　　母亲这个时期创作的和歌：

---

[1] 洼田章一郎（1908—2001）：日本的歌人、国文学者，毕业于早稻田大学文学部国文学科，创立并引领短歌同人志《白昼下的原野》。

夫辞世后，
生活之励乃吾所为之事
平日时时听人语，言我貌年轻

在努力享受充实生活的同时，日记里的记录显示出母亲从这个时期开始察觉到自己的衰老，比如这样的记录：

> 回家路上去复印东西。不出所料，东西落在了打印店，只好又折返去取。（1月8日）

> 做煎猪肉。最近觉得做饭很麻烦，总是糊弄过去。今天认真做了一回。（5月7日）

> 我记错阿利欧课程的结束时间，3点我下课。但其实课应该到3点半。最近我多次因为记错时间而出现失误。我可能痴呆了。（2月14日）

> 回家路上，到了船桥我意识到包忘拿了。包里放着白菊会的重要文件。我很失落。对自己的愚蠢无言以对。（11月25日）

从日记里出现的"最近，我多次……出现失误""最近觉得做饭很麻烦,总是糊弄过去"这些记述可以推断出,母亲除了写进日记里的事情之外,还经历了不少其他的失败。母亲在这里陈述的三类失败,从精神医学的角度看,是记忆和时间定向能力减退、完成诸如做饭等复杂作业的执行能力减退、注意力减退的表现。人随着正常的老龄化也会出现上述现象,所以它们并非痴呆症特有的症状。针对自己的失误,母亲采取以下方式来应对:

> 绿子到山梨县[1]去了。今天下午我去虎之门听了日语教育学会的讲座。为了不把包弄丢,我把它紧紧抱住。1.不能过度劳累;2.不要购物,不要增加随身的东西;3.不要睡觉。(11月30日)

我认为母亲采取了很好的对策。然而,当人随着年龄的增长,因为注意力减退而出现越来越多失误的时候,最重要的是重新整理自己的生活,不要同时做几件事情。母亲这段时期的生活,在我看来,就她那个年龄而言是过于繁忙了。凡事适度很重要。

---

[1] 山梨县:日本本州中部地方的一个县。

六十八—七十五岁（1992—1999年）
人生集大成与临终嘱托

这段时期，仅从每年四月第一周的日记来看，母亲的生活没有发生大的变化。如果非要说哪里变了的话，那就是日记里关于自身体力衰减的表述在逐渐增加。

在此，我把这八年里母亲生活中的大事件以及日记中关于认知功能减退的内容整理如下：

六十八岁（1992年）
1点28分 孙子出生，
52.5cm，3.694kg

1992年，一个月内的外出次数超过二十五次，家中来访者约二十人。母亲外出的事由非常广泛：参加短歌相关活动、参与教会活动、看电影、听音乐会、看展览，和学生时代的友人举行古典文学学习会、进行个人人际交往等。这一年的大事件应是孙子出生。从大孙子出生当天的7月7日和转天的8日这两天的日记中，可以感受到母亲雀跃的心情。然而，也许正因为孙子出生的这两天母亲兴奋过头，她的身体在第三天出现不适。这一年4月的第一周也是，七天里有四天的日记都提到身体不适。虽然母亲很开心地享受着生活，但身体已经逐渐出现衰老的症状。

在这一年的日记里，和健忘相关的记述有三处。第一处是对火源处理不当的记载。12月13日，母亲邀请了几位跟她学日语的留学生来家里做客，共同庆祝圣诞节。参加圣诞聚会的留学生们带来各自国家的特色零食和料理，和母亲一起度过了愉快的时光。玄关处的鞋柜上装饰着人偶。当天晚上，母亲忘记吹灭摆在人偶旁边的蜡烛，导致鞋柜表面全部被烧焦。这件事情好像给母亲留下了很大的阴影。在第二天的日记里，她写道："早上醒来头很沉。不知道是不是因为昨晚喝了香槟，还是因为我犯了重大的过错。""总觉得身子沉甸甸的，最近很容易累。脑子昏沉，真怕自己什么时候痴呆了。"甚至事情已经过去了三天，她依然耿耿于怀。在16日的日记里，她带着悔恨的心情写道："周日的事情给我造成很大的冲击。我依然感觉手足无措。事情虽然已经过去，我应该以此为戒，必须多加注意，否则真的会傻。"

就算女儿在一旁帮忙，但要在家中招待多名外国人、准备众人的餐食、操办圣诞聚会，这些事情可不轻松。在这个阶段，比起担心自己患上阿尔茨海默病，老年人更重要的是根据身体衰退的情况，适当调整自己的生活方式。然而，母亲在之后一段时间里仍然继续扩大着自己的生活圈子。

六十九岁（1993年）
"微风拂过，藤花轻摇"

和上一年类似，在这一年的日记里，虽然有一些关于健忘的记载，但母亲总体上状态良好。一个月的外出次数超过二十次，接待客人人数大约二十人。她继续着西班牙语的学习，在日记本上印刷着的英语月份旁边，写下西班牙语的月份名。April 旁写着 *Abril*。

距离父亲去世已经五年了。母亲在这一年自费出版了和歌集《紫藤花》。

这本和歌集对我了解母亲的生死观至关重要。因此，尽管有些偏题，在此请允许我对母亲和她的和歌创作做少许介绍。这本歌集里收录了从1981年12月父亲接受胃癌手术，到1988年父亲癌症复发、再度手术、去世，一直到1993年歌集出版，前后总计五个年头中母亲创作的和歌。《紫藤花》的出版，是母亲献给父亲的镇魂曲，也是母亲对今后独自面对生活的自己写下的激励。在母亲的晚年，指导她创作的桥本喜典先生为这本歌集写下后记。在后记里，桥本先生点评道，歌集中两首咏叹丈夫去世的和歌，其静谧的力量源于母亲对家庭羁绊坚定不移的信任和她的信仰。我想，母亲读到桥本先生的评价时一定心生欣慰。尽管在父亲的病情面前，母亲的信仰遭遇了极大的挑战。

常闻彼恐落此境，
今睹夫管插遍身。

孤守病床读福音，
何能抚我忧虑心。

吾儿来止延命策，
守候夫身待死期。

浑身管尽抽离去，
终竟面色露安宁，
身体微微斜下倾。

1988年春天，父亲接受了肺癌手术。当时的预期是手术顺利完成后，他便可以重新回到之前的生活。但在术后第一周，父亲突发高烧。之后的几周内一直未能查明高烧的原因，那段时间里，父亲的情况急剧恶化，各种并发症接二连三地紧随其后。这样的状况持续了半年之后，父亲离开了人世。当时母亲和妹妹轮岗去医院照顾父亲。

上文开头的和歌描写的是父亲每况愈下的样子。眼看着插在丈夫身上的导管、输液管、输氧管越来越多，母亲却只能无奈地在一旁束手无策。后面一首关于天主教信仰的和歌得到了桥本先生的夸赞。最后两首表现的是 12 月 8 日父亲去世当天的情景。

  我在母亲的和歌集里发现这首歌的时候感到非常吃惊。因为它让我清晰地回忆起父亲去世时的画面。那段记忆一直深深印刻在我的脑海里。当时我是东京都立松泽医院的医生。在医院工作的时候，我接到父亲病危的电话，随后立刻赶往他所在的千叶大学医学部附属医院。在路上耗费三个小时后，我终于推开了父亲病房的门。那一刻，映入我眼帘的是父亲瘦骨嶙峋的肋骨随着人工呼吸器的节奏浮起来，又落下去，就好像躺在病床上的是另一个生物。医院为了让病人的家属能和濒死的病人完成最后的告别仪式而人为地延长了父亲的生命。两位年轻的医生和护士仿佛已经等候已久似的，期待着"可以了"这三个字从我的嘴唇缝隙里吐出的瞬间。话音刚落，我以为他们要把白色床单盖在父亲的头上，可两人先走过去拔掉了插在父亲身上的针管。最后，父亲戴在脸上的人工呼吸器被摘掉，他的胸腔再也没有抬起来。两人给父亲重新穿好病人服后，行了一个礼，然后走出了病房。只留下病床边的亲人在静默中守候。半年来，病房里一直充斥着的异样的紧张气氛不仅在亲人们的脸上不见了踪影，就连走出病房的医生和护士的背影也仿佛突然松弛下来。自从半年前父亲接受手术以来，这么长的时间里我第一次看到他的脸上出现安详的神情。父亲住院以来，母亲每天都去医院看护照料。终于，母亲此刻的眼中也再度流露出安宁。

  住院的前一年，父亲在家中的庭院搭建了藤架，期待着第二年能够观赏盛开的紫藤花。为了让父亲出院后能在家中悠闲地欣赏紫藤花，母亲特意准备了藤条编制的躺椅。紫藤花开了，她便把椅子朝着紫藤花的方向摆放，胡枝子花开了，她又把椅子挪向胡枝子花的方向。可父亲终究未能坐上母亲为他准备的椅子，静赏灿烂的紫藤花。母亲把自己的歌集取名为《紫藤花》，正是寄托了她对父亲的万千思绪。歌集末尾的几首歌，充满了母亲跨越伴侣去世的悲凉后内心重获平静的笃定，让我倏尔释然。

> 山茶树下拔草时，
> 似闻夫君唤茶饮，
> 双手止之孑然立，
> 怅然忆往昔。

> 淡绿之间，春兰盛开，
> 微风拂过，藤花轻摇，
> 人已不在，声犹未尽。

歌集封面用的是一幅紫藤花的绘画。这幅画是母亲照着掌故丛书[1]中的某一页临摹的。母亲在东京女子大学读书的时候，听

---

1 掌故丛书：原文为"故実叢書"。"故実"为有关古代仪式、服装、礼法等的典章制度。"叢書"为丛书。此处原作者未写出具体书名。

老师说学校的图书馆可能会遭遇空袭。于是在强制劳动[1]结束后的每个深夜,她在姐姐的帮助下,基于当时从图书馆借来的珍贵藏书制作手抄本。虽然当时只有做工粗糙的和纸,但母亲在纸上用优美的色彩绘制出身着平安时代装束的贵族。还是小学三年级的我有一天在母亲的房间里玩耍,随手拿起了这本手抄本。稀有的手工线装的装订,一幅幅精美的手绘让我着迷,给我留下了很深的印象。桥本先生从手抄本中选择了紫藤花的手绘作为歌集的封面。

和歌集《紫藤花》封面

接下来回到书的主线。这一年日记中关于健忘的记录有两处。第一处是4月,母亲和女儿外出旅行的时候,她忘记取消早

---

1 强制劳动:日本政府在第二次世界大战的战时体制下,为了解决国内劳动力不足的问题,通过公权力强制全民进行劳动生产。

先和留学生约定好的日语课。还有一件事是在 12 月 1 日，"坐西马达方向的电车，中途忘记换乘，结果一直坐到了押上。最后只好坐东银座环线方向，迟到了。我可能老年痴呆了。该如何是好"。日记里这样写道。另外，可能母亲自己都没有注意到，4 月 5 日和 6 日的日记里出现了如下重复。

4 月 5 日（周一）

　　曼努埃尔（Manuel）打来电话。他说上周六他来家里找过我。我把需要跟他取消周六课的事情忘得一干二净。真对不起他。这段时间我的记忆力有所欠缺。我担心自己变成所谓的老年痴呆。南希从巴西寄来的信带给我安慰。我想快点给她回信，这才发现信上没有写地址。之后请明美帮我查一查。

4 月 6 日（周二）

　　收到了南希从巴西寄来的信。她的字还是那么漂亮，信写得真可爱。还有照片。她说现在的工作是设计师。信上没写地址，我不能回信给她。我打算问一问谁。头疼，可能感冒了。白天稍微休息了一下。

1　西马达、押上：皆为东京地铁"浅草线"的站名。西马达为该线路始发站。

很明显，这两天的日记里重复提到了南希寄来的信上没有写地址，无法寄回信的事情。这一年记日记的格式是把一周的事情从上到下写在一页纸上。5日的下方是6日的分栏。也就是说，母亲在写6日的日记时，没有发现自己写的内容和上面5日的日记有所重复。

七十岁（1994年）
前往蒙古扫墓

虽然年满七十，但母亲的生活仍和之前一样，十分忙碌。这一年里，一个月内外出的目的地超过二十处，每月接待的客人也超过二十人。这两方面都和前年一样。

这一年里，母亲的生活中发生了重要的事情。7月31日至8月7日，母亲动身前往蒙古，为在西伯利亚去世的二哥扫墓。在蒙古的六天里，她给哥哥扫了两次墓，在戈壁沙漠进行了三天两晚的旅行，参加当地人的欢迎会，游览哈拉和林[1]等景点，度过了充实的旅行时光。

战败五十年后终于实现的扫墓之旅，对母亲而言是非常重要的人生大事。而母亲在日记中对戈壁沙漠的星空和当地人欢迎会

---

1 哈拉和林：位于今蒙古国境内前杭爱省西北角的哈尔和林苏木，在忽必烈建立元朝、迁都至大都之前，是蒙古帝国的首都。

的描述十分生动,也让人心生向往。关于这段经历,在前文我已做详细的介绍。

这一年,母亲在日记里对自己失误的记述有五处。有三次是忘记预约医疗机构,有一次是丢东西,还有一次是坐电车忘记换乘。不过,这一年母亲在提到自己出错的时候,不再有之前那种担心自己可能痴呆的悲观表述。但是,从前年开始逐渐增多的关于自己身体不适的记载在这一年里有所增加,日记里提到医疗机构的次数也越来越多。尽管去蒙古为哥哥扫墓这样的人生大事让母亲心潮澎湃,但老龄所带来的身体衰弱已经无法逆转。

七十一岁(1995年)
"原来老人是这样的存在"

1995年,母亲的生活中没有发生什么大事,平静地度过了一年。七十一岁的她依然频繁外出,参与各式各样的社会活动。这一年家中的访客略微减少,因为来学习日语的留学生变少了。

7月21日至8月6日,母亲为了照顾大姐住在小渊泽。大姐的儿子和儿媳因为计划移居新西兰,所以先过去考察了。这十七天的照料生活,促使母亲开始思考自己的衰老。

7月3日

姐姐到最后也没能获得自己的位置,没有朋

友,一个人游离在家庭的边缘。尽管孙子们也想方设法成为她的伙伴,但整体上依然很吃力。原来老人是这样的存在。这让我感到孤单。

大姐比母亲年长十多岁,对母亲而言,大姐好比自己的妈妈。此刻七十一岁的母亲在笔下感叹十年后的自己,而十年后的2005年母亲会是什么样子,我在后文中会写到。总而言之,照顾大姐生活的两周时间里母亲所体会到的衰老,与其说是对当下自己的切身感受,不如说是对十年后的未来感知。

这一年,母亲的日记里出现了四次关于失误的记录。两次是关于记错和别人约定的时间而迟到;一次是写在日历上的圣诞节音乐会的日期实际上差了一周,到了会场才发现一个人没有;还有一次是自己做蛋黄酱失败了两次。每每遭遇失败后,她都会发出感叹:"最近是开始痴呆了吗?""果然做饭能力变差了,真悲哀。""一定要注意,不要过度劳累。"顺便一提,关于健忘的记录集中见于同一个月份。也许是因为母亲在状态不好的时候更加介意。

七十二岁(1996年)
"忘记铜锣烧的震惊"

之后的1996年也是平静的一年。母亲保持着非常活跃的状态。访客人数和前一年持平,有十来人。外出超过三十次,外出地点以教会、和歌会为中心，十分广泛。学习日语的留学生人数有所减少，其中，曼努埃尔在跟母亲学习日语的同时，开始教她西班牙语。母亲也开始去家附近的健身房参加面向老年人的有氧运动课。

这一年的2月初，母亲参与的和歌杂志迎来五十周年纪念刊，她为此写下前年蒙古之行的旅行记。母亲在自己记录的基础上，又查阅资料，写出了一篇非常翔实的文章。2月中旬，住在小渊泽的大姐身体情况恶化，不久离开了人世。母亲得知大姐状态恶化之后，多次往返船桥和小渊泽之间，后面葬礼的弥撒和下葬也主要是母亲负责安排。

3月29日到4月7日，母亲住进了顺天堂大学附属医院，接受双眼的白内障手术。因为是部分麻醉，母亲在日记中详细地记录了手术的过程，并没有显现出任何出于环境变化和手术压力所带来的认知功能偏差。

9月，住在东京养老院的大哥接受癌症诊疗。母亲和大哥的妻子悉心地照料大哥。

这一年里，关于健忘的记述集中在6月：和幼儿园时代的好朋友四人外出回家路上，把从日本桥的兔屋购买的铜锣烧忘在电车里；记错"《圣经》学习会"的日期和与曼努埃尔上课的日期。然而，这三次失误之后母亲并未写下深刻的反思语句，而是以平易的笔墨加以述之。她写道："泡澡之后也依然疲惫，好累，是因为忘记铜锣烧的震惊吗？""难得我对今天的学习充满期待，真扫兴。"

七十三岁（1997年）
耶路撒冷之旅

1997年，母亲七十三岁，照样过着忙碌的生活。她开始上书法课，去年开始的老年人有氧运动课也依然断断续续地坚持着。母亲接过了短歌会的会计事务，另外还与东京女子大学的同学一起，时常组织古典文学读书会。

这一年发生在母亲生活中的大事要数去以色列的旅行。母亲和所属教会的神父以及其他信徒从4月9日开始进行了为期二十天的旅行。9日从成田机场飞往巴黎，再从巴黎到达以色列的特拉维夫。母亲在这次旅行中不单感受了异国的基督教文化，还拜访了伊斯兰教和犹太教的圣地，返程的路上在死海体验海水浴，途经维也纳、萨尔茨堡，最后从慕尼黑返回。关于这次旅行，母亲坦言中东迥异的气候让她可以用身体来理解《圣经》。母亲在日记中详细地记录下了旅行中的经历，但也许是因为长期出行带来的疲惫，回国后的三天里她几乎没有写任何日记，从第四天才开始慢慢恢复，两周之后终于恢复到出行前的文字量。4月22日的日记里写着："照片洗出来了。我想整理，却忘记了这些照片是在哪里拍的。"跟1994年蒙古旅行前后的日记比起来，很明显能看出母亲认知功能的衰退。

这一年里还发生了另外一件大事。9月2日，被母亲视为父亲的大哥在养老院逝世。母亲的父亲去世时，大哥还是个大学生。

大哥、战死的二哥、1996年去世的大姐一起将年幼的母亲抚养长大。我和弟弟的名字里分别取了大哥的名字"正阳"里的一个字。

大哥夫妇长期在广岛的大学任教，退休后回到东京，搬进养老院，过着简单却自由的退隐生活。大哥九十岁，大嫂八十九岁，两人膝下无子，所以疗养期间的生活管理、辞世前后的打理、照顾从地方来东京的亲戚、葬礼（由于母亲的老家信仰俄罗斯东正教，所以葬礼拜托了尼古拉堂[1]的神父）的相关事宜以及之后的财务整理都主要由母亲来处理。虽然这个时期的日记里提到过"累了"，但并未像以色列旅行回来之后那样记录寥寥。从大哥去世前为期数月的看护，到葬礼后处理琐碎的杂务，七十三岁的母亲在操持自己日常生活的同时，把这些事情打理得井井有条。

尽管这一年非常忙碌，但母亲的日记里没有出现感叹自己认知功能衰退的记载。虽然有一次她丢了手包（2月），但母亲并没有表现出特别在意，没有留下过多的记述。

有一段小插曲是，在这一年的日记本封皮内侧贴着报纸上的广告。剪下的广告纸片上残留着因干燥而脱落的透明胶带的黏着痕迹。广告文章是关于中山书店出版的由我编辑的《临床精神医学讲座》第四卷。这一卷由我和我的恩师松下正明老师共同编

1　尼古拉堂：又称东京复活主教座堂。位于日本首都东京千代田区神田骏河台的东正教教堂，也是日本正教会的总部、东京大主教区总堂。名为尼古拉堂是为纪念把东正教传入日本的圣尼古拉。

辑，但广告上只写着"总编辑松下正明"，并没有我的名字。由于是专业性很强的书，我应该没有详细跟母亲说过。大概是我嘴上一提的话被母亲记在了心里，然后碰巧在报纸的新书广告中找到了吧。

另外，在次年 1998 年的日记本里，还贴有我参与录制的 NHK（日本广播协会的简称）节目的报纸来信。那则来信比这一年的广告版面还要小。母亲为什么知道那里登载着和我有关的内容，我觉得很不可思议（那封来信里也只写着节目名字，并未提到我的名字）。到如今我才感慨，要是我对母亲的关怀能有她对我的十分之一，她的晚年生活一定会更幸福吧。

七十四岁（1998 年）
"关于我葬礼的安排，照旧夹在老地方"

母亲七十四岁了，依然很精神。因为来学习日语的留学生人数减少，所以家里的访客人数在这一年里一个月不超过十人，但每月的外出场所有三十多个。教会活动和短歌会依旧是母亲生活的重点。除此之外，除了之前就参加的老年人有氧运动课、书法课、插花课、西班牙语学习之外，从 2 月起，母亲开始在家附近的音乐教室学习钢琴。虽然是人生中头一次学钢琴，但她铆足了劲儿，和同样刚开始学琴的小孙子一起努力练习。在某日钢琴课后的日记里,她写下豪言壮语,道出自己的野心:"我要弹得跟克莱德曼一样。"母亲从9月改成一对一授课,她对钢琴的热情持续燃烧。有氧运动课也是如此。只要有时间,她就去上课。在11月26日的日记里,她开心地记录下自己在有氧运动课的圣诞聚会上,获得了保暖袜套的奖品。虽然身为儿子的我并不愿意去想象七十四岁的母亲穿着橙色袜套做有氧运动的样子。

尽管生活忙碌,母亲在家务上依然很勤快。母亲和在公司上班的妹妹住在两层楼的家里,如果算上父亲之前工作使用的牙科诊所的空间,整体的面积不小。虽然妹妹的力气也很大,母亲依然每天把家里收拾得干干净净,打理庭院,洗衣服,做饭。她很少去外面吃饭,也很少买外面做好的食品。若要去拜访好友和亲戚,她有时候会拿上自己做的果酱,或者拿用院子里结的梅子泡的梅子酒或者腌制的梅干当作伴手礼。

这一年的日记里让我感到意外的事情是,母亲有好几次熬夜看世界杯。6月14日,日本败给了阿根廷,母亲在日记里写道:"前锋松散,关键的时候全员配合不佳,没法很好进攻。很遗憾,但在意料之中。"26日的牙买加对战:"对手领先2分,没有赢的希望。中场休息后,整体表现虽然稍微好了一些,但传球、进攻都不行。在体格上和对方队伍就有很大差异,这点无法改变。很晚了,我关了电视,去睡觉。"母亲在深夜一边观看足球比赛,一边在脑子里想这些事情,光是想象那个场景就令我很尴尬。不论自己实力如何,都要摆出一副评论家的姿势,这是母亲令人头疼的地方，这个缺点也遗传到了我的身上。

8月21日到24日，母亲所属的短歌会在千叶县鸭川市举办了为期四天三晚的全国大赛。母亲作为干事成员，从几个月前就开始参与筹备工作。根据准备期间的日记来看，因为要安排人数众多的团体旅行，母亲感到压力很大。从比赛开始前一天的8月20日到比赛结束后的次日8月25日，这期间日记本中没有任何记载。也许根本没有工夫写，也许是累到没有力气写。比赛前的准备工作进展得并不顺利，母亲浮躁的样子表明她因事情发展不符合自己期待而感到焦虑。也许这正是她认知功能走向衰退的前兆。

这一年里每当发生大事，或者奔波后的第二天，日记里就会看见"累了"的表述。也许母亲并未察觉到自己体力的衰退，但她在1月24日的日记里写下自己死后亲人们应该怎么做的指示。就连应该什么时候把住在九州的姐姐叫过来这样的细节都做好了安排。母亲之后也多次修改、增添自己的临终安排，当她真的离开我们的时候，这些记录起了很大的作用。

除此之外，9月5日，母亲看见停在邻居家门口写着"山茶花浴室车"的车，写道"照顾老年人不容易"；10月6日，前往辻堂去拜访入住养老院的花道老师。8月前，母亲一直跟老师学习书法和插花，母亲在日记中写道："这样的生活也不错。"这段时期母亲参加"《圣经》学习会"的次数变多，也是在这一年，我和弟弟收到母亲寄来的包着精致皮质封皮的《圣经》。母亲还没有出现明显的痴呆症病症,此时距离她去世也还有十多年的时间,但在这个时期,她已经意识到自己正在走向人生的终点,并开始做准备。收到母亲寄来的《圣经》后,我一直把它放在身边。

这一年的日记里,有关母亲认知功能衰退的记录有两处。4月26日,她弄错了约定时间。12月27日,她弄丢了装着卡片和购物券的钱包。关于4月的事情,母亲写道:"这不是年龄带来的问题,是我天生的缺陷。"关于年末的失误,因为涉及金钱,她做了深刻的反思:"虽然是不小心,但我不知道自己到底怎么了。(中略)本来应该在这里的东西不见了,本来该放在家里的东西,我却忘记放哪儿了。人上年纪后就会变成这样吗?真是悲哀。"

七十五岁(1999年)
意大利旅行
"平平安安地过完这一年"

1999年是第一阶段的最后一年,母亲七十五岁,已经是后期高龄者[1]。

日记本的每一行依然写满了密密麻麻的小字。一个月内的访

---

[1] 后期高龄者:日本现行的人口统计标准视65岁(含)以上的人为老年人,其中又分为前期高龄者(65—74岁)和后期高龄者(75岁及以上)。

客人数在十人左右，外出次数超过三十五次。为了和1991年母亲六十七岁的日记作对比，我在这里列出母亲在这一年4月第一周写下的日记。用语和记录内容没有太大变化。

4月1日（周四）

身体不太舒服，去做体操。稍微运动了一下，反而感觉轻松了。把地址录入电脑。我忘记拿硬盘了，所以得全部重新手动录入，有点累。早上在电脑前打字。下午做体操。收到新的《白昼下的原野》。这次收录了七首和歌。听说是桥本老师挑选的。读了一会儿。今天是濯足日[1]，傍晚早早收拾出门。（傍晚重新翻看以色列旅行相册）

4月2日（周五）

《圣经》中关于这一天的记述也令人痛心。我的所思所想一年比一年更深刻，不过（相比去年）今年我经常翻看相册，把《圣经》里的内容和现实的场景结合起来思考。我尤其记得那座石门。客西马尼园和祈祷石在地理位置上相距较远，不知是不是为方便旅行社的行程安排而移动了。遗迹现在已

1　濯足日：复活节前的星期四，根据耶稣为十二门徒洗脚的故事而定为节日。

经成了观光景点，曾经的凄怆已无处可寻。晚上是十字架的崇拜仪式。今年我还领了圣餐。晚上落雨，白天刮风。今天是短歌会赏花的日子，不知道情况如何。

4月3日（周六）

　　复活节的彻夜弥撒。蜡烛营造的光之祭典。等教会搬到实籾[1]后，我可能做不到圣周[2]期间每天晚上都去教会了（当时天主教船桥教会要从离家只有几分钟距离的地方搬到必须坐电车才能前往的实籾）。我怀着沉重的心情参加了弥撒。绿子负责第二朗诵，她下班后从公司直接赶到教会。绿子的声音不够清透，真遗憾。

4月4日（周日）

　　由于昨天的复活节弥撒，早上起来感觉疲惫，休息了一上午。下午绿子开车带我去扫墓。晚上A一家来了，特意带来小学的双肩包和帽子给我看。我煮了红豆饭庆祝。真希望爸爸也能看见啊！

1　实籾：日本千叶县习志野市的一个区。
2　圣周：在基督教传统中，复活节之前的一周用来纪念耶稣受难。

4月5日（周一）

脚趾之间长的鸡眼很痛，我原本打算去皮肤科看看，后来好转了一些，于是作罢。上午练习钢琴。致电佐野谈冰和水的事情。商量如何减少开销。复印地址簿，为西武讲座（歌会）做准备。打电话给冈田就书的事情致谢。下午一边听马友友的大提琴一边读书。写歌。除草。晚上接到桥本老师的电话。是稿子的委托。我准备写《一片叶子落下来》[1]。

4月6日（周二）

早上，去皮肤科看病。鸡眼化脓了，医生开了药，磨掉了脚底的鸡眼部分。原本打算去书店的，没想到九点半就看完病了。顺路去船北医院做了电击。之后去西武百货重新买了一本《一片叶子落下来》。还有电台的文章。回到家后，读完了筱老师（歌人筱弘[2]，《白昼下的原野》的负责人）的书。我应该写《白昼下的原野》的稿子，不过还是先准备了明天西武的和歌。晚上又下雨，天气转凉。今天是小智的开学典礼，他在一年级三班。

---

1 《一片叶子落下来》：美国作家利奥·巴斯卡利亚创作的绘本故事。
2 筱弘（1933—2022）：日本的歌人、近代短歌研究学者。

4月7日（周三）

　　早上十点去牙科医院，治疗牙龈松动。今天是我在歌会当班的第一天，提前抵达池袋。路上碰见了佐川。我俩和悦子一起在紫苑餐厅吃了午饭。悦子豪放地在水杯里加了很多冰块，老师的胃口很好。今天的歌会教室坐满了四十人，室内因为人多而闷热，尽管有冰水，我还是很担心场内参加者的反应。活动结束后，记账，到家有些晚。打印补充名单。

　　继去年开始的有氧运动后，今年母亲又练习了水中散步，西班牙语、钢琴也依然在认真学习。自从钢琴课变成私教课后，母亲对老师用的钢琴心生艳羡，萌生出买一台真正的钢琴放在家里的念头。但老师劝告她要考虑到今后体力会越来越弱，建议她买电子琴。也许母亲在做了太多的事情后，对自己身体的劳累有所察觉，这一年3月开始的日记中偶尔会出现她去做按摩的记录。

　　从母亲4月初的生活记录中，我们可以看到她这一年的生活重心依然是教会活动和短歌会的活动。尽管这些活动对于一位七十五岁的老人来说有点太过于丰富，但她并没有因为事情的繁多而降低每一件事情的完成度。"今天就像春天一样暖和。梅花开得灿烂。小苍兰也蹿出了花苞。红梅也开了。真是太好了！"看到小小庭院换上春天的衣裳，母亲的心中依然欢欣雀跃，非常感性。在为和同学共同组织的古典文学轮读会做准备的时候，她写道："查阅了《蜻蛉日记》[1]的相关资料。讲谈社文库和岩波的古典文学大系列虽然用的是一个原本，但各有差异，让人头疼。"母亲依然坚持着对多种文本进行对比和思考的习惯。

这一年最大的事件是11月14日到21日为期一周的意大利旅行。母亲去了罗马、佛罗伦萨、威尼斯和阿西西。一方面，不同于去年进行的歌会旅行，这一次母亲对每天去了哪里，看到了什么景象，全部做了详细的记录。另一方面，这次和1997年的以色列旅行也不一样，母亲在回国后整理旅行记录的时候，搞不清参观景点的先后顺序，只好参考照片底片的顺序来整理记录。可以看出整个过程让她感到很吃力。去年的短歌同人旅行有许多陌生人来参加，母亲作为干事付出了很多精力，可是这次的意大利之行，她只需跟在相识已久的神父和教会同伴的身后，和之前相比，旅行过程中她所感受到的压力自然要小很多。但和两年前相比，母亲的认知功能进一步衰退，花了很多力气去回想旅行的时间顺序。

这一年里关于健忘和记忆混乱的记录从去年的两次猛然增加到十一次，其中健忘发生三次，弄错碰面时间、做饭失败、空烧水壶的记录分别有两次。还有两次其他事情。3月8日晚上，母

---

[1] 《蜻蛉日记》：日本平安时代的女性日记，作者是藤原道纲母。日记中记录了和歌人的交流，影响了《源氏物语》等许多日本文学作品。

亲在日记中反省:"晚上,没有确认煤气灶的点火开关。听见煤气泄漏的警报器响,吓了一跳。不过真是万幸。我必须多加注意。可能最近事情太多了。"12月30日和31日连续两天提到年夜饭制作失败。"做海带卷。鲱鱼处理没做好。重新泡水后再加热。很多次失败。""下午做煮物和其他。我竟然把糖和盐搞错了。进展不顺让我感到失落。真是不得不痛感自己的年纪。"母亲在日记里发出感叹。在除夕夜日记的最后,她写道:"年夜饭最后完全靠绿子来做,祈祷平平安安地过完这一年。"1999年,母亲七十五岁,这一年成为她人生的转折点。

第二阶段
七十六—七十九岁
走向四分五裂的生活,对抗认知功能的衰退

第二阶段是母亲从七十六至七十九岁的四年。日记中出现的有关认知功能衰退的记载有二十多次。母亲越来越担心自己真的患上了痴呆症,她大声呵斥自己,想出各种办法来适应自己认知功能的衰退,防止出现更多问题。这些记载中既有她内心担忧的直接表露,也有她以上年纪的人谁都会发生类似的情况为理由来安慰自己的记录。从这一年开始,我会原封不动地抄录母亲每年4月第一周的日记。

七十六岁（2000年）
结成屋纠纷 "我要保重身心，一定不能痴呆"

这一年到访的客人每个月有十人左右，母亲一个月的外出次数在二十到三十次，两方面和前年比起来都没有大的变化。

4月1日（周六）

我把聪子来家里的时间记成了今天，其实是明天。

我约了佐智子，她把小智也带过来了。佐智子跟我道歉说明天小智爸爸休息，一家人要出去玩。我们在家玩游戏，看录像带打发时间，直到下午。绿子去参加守夜了，晚上和佐智子、小智三人一起吃了晚饭。小智特别喜欢绿子提前准备好的炖牛肉，牛肉和土豆添了好几碗，连我准备留到明天的分量也吃了，真能吃。绿子回来看见后非常吃惊，锅里余下的她拿回去给A当夜宵。男孩子靠得住。小智要是现在就长胡子了该怎么办！！

4月2日（周日）

绿子，茶道研修会。在教会和寺田一起。聪子要从大分县¹过来，外出买绿子做饭要用的食材和面包。买了太多东西，有点累。傍晚来客。久违的促膝长谈。聪子丈夫的弟弟不久前去世，她这次是过来参加四十九日法事的。中岛先生兄弟四个，英年早逝的就有两人，可怜他们的妈妈。换作我，可能无法承受。晚上绿子也加入我们，大家相谈甚欢。聪子留宿一晚。

4月3日（周一）

聪子要乘中午的电车回家去，所以我们早早出了家门。原本打算和她先在车站的画廊看个绘画展览，怎料途中她接到电话说需要银蜡烛。于是我们前往上野，在批发店一条街边走边找，最后终于在田原町的一家佛教用品店买到了。银蜡烛是真宗²里特别的道具，三支花了将近一万日元。因为去世的是僧人。之后我们立刻赶往东京站，成功坐上了回程的车。一上午匆匆忙忙。晚上世荣（父亲同父异母的弟弟）要到家里做客。今天是他的生日，我准备了蛋糕，为他庆祝。一共六十二根蜡烛。今天

1　大分县：位于日本九州东北部的一个县。
2　真宗：这里指日本佛教宗派中的一支，具体宗派名未知。

和蜡烛真有缘。

4月4日（周二）

昨天有些累，我本以为今天会想睡个懒觉，可还是早起了。时隔多日，早上去游泳馆进行水中行走。这次的行走技巧难度高，虽然难，但很有意思，我努力了。以后就只学走吧，这应该最适合我。结束后去烫发。东武百货的一家店，感觉不错，两千日元的价格也很便宜。绿子今天上茶道课，家里只有我一个人。终于写好了明天要交的和歌。

4月5日（周三）

上钢琴课的时候，接到油谷打来的电话，邀请我去听雅乐。很开心。早上钢琴课上出现的问题意外地多，老师纠正了很多地方。今天筱老师的讲习课开始得早，我拜托钢琴课老师把课提前了一些，赶上了。三谷、长谷川、谷都来了，高手云集，我实在惭愧。老师也兴致盎然，我们自然不能掉以轻心。一定会对我有所启发。课一直上到最后一秒，很累。晚上绿子回家晚，我先做好焖饭。提交完和歌后，我把需要修改的地方用传真发过去，还好那边接收了。以后要更仔细一些。好像要感冒，要注意。

4月6日（周四）

　　早上把家里仔细打扫了一遍，很久没有打扫了。去政府办事处办理养老金证明。明天是土笔会的户外吟诗会，买完做三明治用的东西然后回家。到家后，吃午饭的时候开始流鼻涕。我有点累了，做了一会儿体操后去睡午觉。一直在"流鼻弟"[1]，真叫人心烦。吃了Pontal（镇痛、消炎、退烧药）。我决定取消明天的出行，在家休息。

4月7日（周五）

　　还好今天休息了。整天状态都很差。躺下又起来。不过我还是给栗田寄了我对和歌的感想和谢意。《短歌》杂志多了一本，我寄给了大川。之前送过去的金子美铃的诗集，大川收到后很高兴。今天上午是阴天，下午天晴了，吟诗会好像很圆满顺利。晚上接到池上打来的问候电话。真是细心。准

---

[1] 流鼻弟：此处原文是"水鼻"，推测是母亲颠倒了鼻涕的日语"鼻水"。作者在此原封不动地展现了母亲这一年的日记，所以保留了错误写法。为了和原文保持一致，中文译作"鼻弟"，而不是"鼻涕"。

备明天曼努埃尔的考试。

尽管母亲依然东奔西走,尝试各种各样的新鲜事,但体力的衰减不可否认。参加大型活动后,"很疲惫,睡觉"这样的记载越来越多。2月7日的日记里,母亲考虑到日常生活的开销比预想的多,写道:"看起来是我不能好好整理自己的思绪,导致了不必要的开支。这一年必须多加注意。"8月里她写道:"放弃西班牙语中级的学习,单词太难,跟不上。"还有"是不是该给泳池的日子画上句号",字里行间显露出退缩的一面。不过,不去泳池指的是结束刚开始没多久的游泳,水中散步依然在坚持。西班牙语中级课程也断断续续地在视听。母亲依然保持着旺盛的好奇心,日记里记载着她决定重读《源氏物语》,读完大江健三郎的《我在暧昧的日本》(岩波新书),等等。另外,母亲对当时日本政治时事的评论让人觉得很有趣。每次选举的时候,她都写下三言两语的杂感。然而在这一年11月日记纸页的线框外留白处,写有这么一句话:"森内阁失信案,在野党遭否决,闹剧以加藤氏的退出而收尾。"我读着这些文字,想象着母亲在电视上看见败于政治斗争的老年政治家们哭丧的脸,会露出怎样的表情。

这一年,母亲完成了三次国内旅行。第一次是从7月7日到9日,这是母亲第一次和包括孩子在内的全家人一起出游去里磐梯¹。母亲在日记里开心地留下了当时的记录。秋天，10月去九州，11月到京都和奈良旅行。这两次旅行从住宿到车票安排、行程规划，几乎都是母亲一个人完成的。10月的九州之旅是母亲和在东京女子大学的三位同届生一起去的。从鹿儿岛机场坐飞机进入都城，接着前往访问由同届生运营的福祉设施。11月的旅行由生活在大分的姐姐陪伴。

2月发生了一件我后知后觉的大事情。母亲和常年使用的衣物护理商之间发生了结算纠纷。

2月4日

襦袢做好了，我去结城屋拿，竟然发现还有三万日元没有付。家里都有收据，太奇怪了。我感到他们不再值得信任，这让我丧气。

3月18日

傍晚正彦来了。他告诉我结城屋的钱已经支付。店铺把账簿拿来给他看，丝毫不肯让步。怎么讲理也没办法，只好付钱做个了结。我很惊讶他这么做了，但也许这才是成熟的想法。我自己当然心

---

1 里磐梯：被磐梯山、安达太良山、吾妻山火山群所包围的一个海拔八百米的高原状地区，属于磐梯朝日国立公园。

有不甘，但既然我已经把这件事交给正彦，他的处理也无不妥，我十分感激他特意从大老远赶过来。晚上，M跑过来对我说A又朝他发火。等再过一段时间，A会明白的。大家都在为我考虑，这些关心放在我身上真是可惜。我要保重身心，一定不能痴呆。

3月20日

独处的时候，我心里更是对前两天的事情感到遗憾。虽说钱付了就付了，但我很想告诉店里的人，我绝非那种欠着三万块钱还能悠然度日的人。哪怕有误解，哪怕付出去的钱不了了之，我无法眼睁睁地看着自己被一口咬定是坏人，我的人权何在？正彦告诉过店里的人我内心的真实想法吗？这个念头大概会停留在我的心里很久。现在正当四旬期，我要学习耶稣忍辱负重的精神，不要被小事牵绊。我真是脆弱不堪。

以上仅仅是母亲日记的摘录。在阅读这段时期日记的过程中，比起费用结算的纠纷，更让我感到意外的是，对于我或者弟弟试图平息纠纷的举动，母亲好几次都感到很愤怒。结城屋提供和服制作、染色、缝补等服务，早在这件事发生之前，这家店在母亲的日记中出现了好几次。母亲和店家交往的时间很长，不时地会照顾一下店里的生意，两者之间自然地产生某种信赖关系。站在店家的角度，正因为母亲是常年一直光顾的老客人，他们才会跟母亲直说。如果当时母亲身体健朗的话，一定会在事发当天就抱怨着把钱付了，以此来回避冲突。但偏偏在这时候，我接受了店家的说辞，认定是母亲犯下的失误，并支付了欠款。母亲认为我的行为伤害了她的自尊，她为此感到懊恼，也感到愤怒。每当翻开日记，我都能感受到在母亲强烈的愤怒背后，字里行间一点一滴地渗透出衰老的悲伤。我不应该在下班后，先去店里结算未支付的账单，然后再去母亲的家里向她汇报。要是我在付钱之前，先仔细地听一听母亲的想法，也许这样能让母亲最后的路程走得更加平静。我欠缺考虑的言行给母亲本已摇摇欲坠的自信带来了一击决定性的伤害。可是我一直没有明白这一点，直到读到母亲的日记。此时母亲已离开十五年多了。

这一年里记载认知功能衰退的次数比前年增加了一倍，共有二十三次。关于结城屋纠纷的记载出现过好几次，其他具体的失误一共有十七次。涉及金钱的有两次，有四次是在家里丢失物品，有三次是外出的时候忘记东西、丢东西，有四次弄错了和别人的约定，做饭失败、凑合对付的描述有三次，除此之外的事情有一次。

在弄错约定时间这件事上，和之前不同的是，母亲的失误给对方或者周围的人带来了实际的损失。因为弄丢了东西而给周围的人增添麻烦,又或者弄丢了家里的钥匙而不得不换一把新的锁,事情已经超出了前几年粗心大意的范畴,变得严重起来。不论是事情的势头还是母亲的心态也都更加沉重。前面提到的结城屋事件发生时,母亲心中产生了强烈的反抗情绪。"最近丢了很多东西,我觉得自己真没用""写着北斗(堂弟的儿子)电话的纸不见了,我真是傻了""我是不是真的老年痴呆了?我觉得自己真可怜""最近犯了很多错,我的脑袋好像马上就要傻了。我好累",母亲的负面情绪越来越多。

这一年里母亲的外出次数和访客人数都和前年没有太大的变化,但之后回望起来才明白,这一年是一条分水岭。

七十七岁(2001年)
"我嫌麻烦,干脆做个汤泡饭"

2001年的访客人数是迄今为止最少的一年,一个月里只有两三人。外出次数超过三十次。这一年里母亲的生活主要围绕着短歌、信仰和钢琴课展开。有关游泳和拉伸运动的记载变少,不知道是因为她不去了,还是因为这两样活动带给她的印象并不足以书写。

4月1日(周日)

今日转晴。今天是福岛一基君的助祭授圣职

礼。由森司教主持，岸神父和很多别处的神父光临，仪式热闹却不失肃穆。大家都为福岛君高兴。也许福岛君的双亲能就此松一口气，但他以后的路还漫长而艰苦。我多希望绿子也能亲眼看见这个场面，但她今天很疲惫，我叫她待在家里休息。晚上做欧式炖牛肉。

4月2日（周一）

白天上钢琴课、读书。傍晚和山川一起去听桥本祐子女士的音乐会。见到很多《白昼下的原野》的伙伴。坂本因为感冒缺席。音乐柔美动人，电子琴的演奏十分优美，和长笛的合奏也很精彩，但现代爵士风的合奏让我疲惫。祐子女士很美。

4月3日（周二）

这段时间疏于打扫，今天用吸尘机把家里吸了一遍，给花和盆栽浇水，干了一番大事。洗完毛线衣，累得瘫倒。去 lalaport[1] 买东西，回家吃完午饭，累得浑身无力。午睡一小时后终于恢复了人样。傍晚去改了衣服的腰围，给大下寄法国乡村面

---

1 lalaport：日本三井不动产商业管理旗下的大型商业综合设施。

包。晚上在家看书。明天要见龟井,从久美子、邦子那里收获明天安排的主意。

4月4日(周三)

和龟井在东京站碰面,一起前往山种美术馆。昨天邦子告诉我这里有展览(樱花大展)(日本画),大家名作汇聚一堂,美术馆环境清幽,小巧精致。回程的路上在千鸟渊赏花,回到东京站后在大丸百货吃了迟到的中饭。两人不紧不慢地聊着天,很开心。我有些累。明天是芦苇之会(和东京女子大学国文学专业的同学在成城举行的古典文学学习会)。回家后要开始明天的预习。听说原泽会来。

4月5日(周四)

早上出门理发。今天预约的时间比较早,理发结束后还有一点时间,于是去书店逛了逛。在书店看到了石上露子的书。松村〈绿〉老师〈东京女子大学时的恩师〉也参与了这本书的编写,内容看上去很有意思。虽然很贵(550日元),但我还是买了。乘坐电车去芦苇之会的路上我一直在读。忘记换乘急行电车,最后卡在时间点抵达会场。看见原泽来了我很开心，但我没什么精神。不安。今天聊天的时间太长，我讲完之后学习会便结束了。偶尔这样也不错。7点回到家。匆忙吃过晚饭。准备明天的户外吟诗会。

4月6日（周五）

　　土笔会的赏花吟诗会。在新宿御苑。久未参加的北村也来了。坂本身体抱恙，午饭后的歌会结束就早早离开了。樱花盛开。尽管有些已经开始落了，红白樱、垂樱，万千姿态令人惊艳。海棠花、桃花、棣棠花也竞相争艳，在北村的指引下，我看到了罕见的落叶松的气根，还有郁黄樱、大岛樱，好久没有这么开心了。傍晚去牙科医院修理假牙。接到电话，范先生明天休息。今天很累，明天可以休息了。

4月7日（周六）

　　范先生今天休息，我松了一口气。今天开始阅读《圣经100周》，上午将《创世记》第一、第二章读了好几遍。这样非常好。发现了许多之前阅读时未曾注意到的问题。只不过打印出来的内容太厚了，再加上穿插了很多小故事，我读得昏头涨脑。

要是能更简洁凝练一点就好了。我觉得读起来很累。晚上去教会做告解,接受了圣枝弥撒。

这一年里母亲依然保持着热情和旺盛的好奇心。逛展览、听音乐会……她参加的活动数不胜数。虽然不像之前那样频繁地邀请朋友来家里做客,但外出约见朋友、熟人的次数和往年不相上下:短歌的伙伴、教会相关人士、幼儿园时代的好友四人组、东京女子大学的同学,甚至还有我毕业后再也没有联系过的中学同学的妈妈。3月18日,母亲购入了一直想拥有的钢琴。

数场亲人和熟人的葬礼在这一年发生,母亲也都一一参与,尤其是嫂子的后事。1997年长兄去世后,嫂子住进了养老院。嫂子临终的生活由母亲照料着,葬礼、安葬也都是母亲在操持。不过每当葬礼、安葬等事情告一段落,母亲会在日记里写道,"多亏了小绿的帮忙,总算顺利结束了"。也许她开始担心起自己的状态。

看上去母亲日记里展现出来的生活和过去没有什么变化,但实际上可以明确断定为认知功能退化结果的记载有所增加。比如,去年里记错约定、搞混时间的记载只有四次,而今年则增加到七次。

2月14日
　　早上的钢琴课。记错时间早到了三十分钟,十点抵达老师家。又弄错了。

9月13日
　　我以为今天是周三，结果是周四。我是不是得了阿尔茨海默病。（10号正彦要上电视，介绍年轻型阿尔茨海默病。）

　　还有两次是忘记把重要的东西放回原处。万幸的是，这两次通过母亲和同住的女儿共同搜寻最后找回了东西。母亲意识到找不到东西之后，第一反应是趁着女儿还未发现，自己先四处搜寻，等彻底意识到无能为力后，才会向女儿哭诉。很多次都是这样一个模式。

8月13日
　　绿交给我保管的印章和保险申请书找不到了。昨天找了一晚上也没有找到。今天又找了一天。因为是重要的东西，我特意放在隐蔽的地方。但怎么也想不起来放在了哪里。整个家找遍了也没有。

8月19日
　　今天绿不上班，她和我一起在我的房间里找印章。"在这里。"绿子对我说。原来我放进了人造丝线编织袋里，袋子垂挂在练字用的书桌旁边。印章被我小心翼翼地装在小布袋子里。保险申请书在塑料文件夹里。我一直以为保险单会放在哈特隆纸的信封里。可能我之前找的时候看到了却没反应过来。这下终于松了一口气。我要改掉妄自判断的毛病。

母亲忘记了把东西收在哪里，而一味地猜测是被偷了。还有其他的事情，比如在生协[1]重复订购，导致同样的东西堆了许多。很简单的汉字却写错，被留学生指出来后，母亲十分难为情，在日记里写下"我痴呆了吧？"类似这样的感叹，让读的人也能感受到她内心的不安。同时她也会写下"必须认真写字，要约束自己"等自我鼓励的话语。

这一年里比较值得注意的是做饭失误和与之相关的记载。我们小时候物资匮乏，再加上父亲每天都在家工作，一日三餐几乎都是由母亲来做。算上父亲诊所里的护士和家里帮工的阿姨，每天吃饭的人很多。但我们家几乎从未叫过外卖，也很少买现成品。直到我上小学高年级时，通过电视上播出的《海螺小姐》动画片，才第一次知道"外卖"这个词。我们家里从来没有外卖的概念。

然而，在这一年的日记里，有好几次母亲都写到在百货店买了现成的小菜回来。比如11月13日，母亲从船桥的家去往大学同学位于世田谷区的家参加《伊势物语》的朗读会，一直到下午四点半才离开。关于那天的晚饭，她写道，"绿子今天上插花

---

[1] 生协：消费生活协同组合的简称，类似团购。

课，回家路上买了奶油可乐饼，尝了一下，现成品的菜果然不太好吃"。做饭似乎成了她的一个负担。6月20日这一天，母亲白天都在参加短歌会的活动。关于活动结束后的事情，她这样记录着："回到家，我嫌麻烦，干脆做个汤泡饭。家里还有在生协买的蛋糕，配咖啡吃。完毕。""嫌麻烦，做个汤泡饭"的记录在这一年母亲的日记中出现了好几次。有时女儿在家并且负责给两人做晚饭，比如2月17日的日记里写着，"今天绿子做了晚饭，真是得救了"。最后一句"真是得救了"，很生动地传递出母亲在内心深处松了一大口气的感觉。七十七岁的女性白天四处奔波，傍晚回到家晚饭只做一锅汤泡饭，听起来也许并没有什么奇怪的。但是这一年里关于母亲做饭的记载并非止于此。

4月30日

　　摘了院子里的蜂斗草，和笋一起煮，快要出锅的时候煳了。虽然说可惜，但更多的是危险。以后要多加注意，别再出差错。晚上一直很低落。

5月1日

　　前几天把蜂斗草煮煳了。今天重新做。这次用的石蕗。我按照绿子说的，定好计时器，成功了。但是煮别的东西又煳了。真没劲。

9月24日

　　绿子晚饭前到家。我炸了天妇罗。最近有些害怕碰锅，我放弃了。我以后都想不做了。万一不小心出什么差错可就麻烦了。

10月11日

　　做饭总是做不好，真烦人。最近我做饭的手艺突然变得很差。就算我很努力，做出来的味道也怎么都不好吃。

就像10月11日那样，母亲做饭能力变得很差，有很多种原因。或是执行能力出现障碍导致做饭过程中手法出问题，或是记忆紊乱导致忘记放盐，又或是已经放了盐又放一遍等。把菜煮煳，不仅是因为母亲的记忆出现问题而忘记锅一直在加热，还有其他原因，比如当她试图一次性完成几件事情的时候，注意力便无法集中。这些都和认知功能减弱相关。母亲害怕炸天妇罗，是因为诸多原因让她觉得加热油很危险。尽管不是在做菜的时候，这一年里母亲有两次在厨房被烫伤。也许是这些事情动摇了她的自信。

在做饭之外，这一年的日记里还记录着另外两件能佐证母亲的执行能力出现下降的事情。

第一件事情是，母亲从去年年末开始给孙子织毛线帽，但怎么也织不好。织毛线以前是母亲的拿手活。她一晚上就能织好小孩戴的帽子。但在这个阶段,她一遍遍重复着失败然后拆开重新织的过程,直到织好帽子。

另外一件事情是,她在教会的"《圣经》100周"活动过程中所经历的挑战和挫败。"《圣经》100周"是1974年由马赛·赖·道尔孜发起的学习会活动,在100周时间内通读完《旧约》和《新约》。4月7日,母亲在日记里写道:"今天开始阅读《圣经100周》,上午将《创世记》第一、二章读了好几遍。这样非常好。发现了许多之前阅读时未曾注意到的问题。"在展露出积极态度的同时,又能看出她有些缺乏自信:"只不过打印出来的内容太厚了,再加上穿插了很多小故事,我读得昏头涨脑。要是能更简洁凝练一点就好了。我觉得读起来很累。"实际上对母亲来说,跟上"《圣经》100周"的节奏有些困难。她在同年10月25日选择了放弃。母亲此前总是草率地开始一件事情,参照这样虎头蛇尾的行为模式,我们不难想象此事会以这样的结局收尾。在日记里,母亲留下了对此耿耿于怀的记录。

10月25日

"《圣经》100周"的任务过于沉重,我决定打电话给山上,告诉他退出的决定。他出乎意料地立即表示理解。我松了一口气。他是不是一开始就有所察觉呢?

大概母亲以为对方会想办法劝说她，于是思前想后才拨电话过去，没想到对方立刻答应了。就像母亲在日记里写的，在参加学习会的半年时间里，她常常陷入混乱，没办法跟上学习会的节奏。周围的人对此早已有所察觉。然而，之后母亲依然在同伴的帮助下艰难地继续着"《圣经》100 周"的学习活动。

　　这一年的 9 月 10 日，我做客 NHK 教育频道的节目，在节目里向观众讲解年轻型阿尔茨海默病。9 月 13 日的日记里，母亲写下"我以为今天是周三，结果是周四。我是不是得了阿尔茨海默病"。母亲一定是把自己近两年的状况和我在电视节目里讲述的阿尔茨海默病的症状做了比对，我想，她在看节目的过程中，一定在和自己内心深处的不安对抗。其实在此之前，我每年都会参加好几次 NHK 节目的录制，但直到去年，母亲日记里关于我出镜的记载要么是从旁观者视角写下的节目评论，要么是电话里听到熟人告诉她在电视上看到我而感到高兴的记录。可是，这一年她的反应发生了变化。

　　我们吃着母亲做的饭长大，穿着母亲做的衣服去上学。做饭和缝纫对她来说都是生活的一部分，母亲和主妇的角色是她身份认同的重要部分。三十多年前，我在伦敦留学的时候，母亲为我和妻子织了一套情侣装的毛衣，作为圣诞礼物寄给我们。直到现在，每年冬天我还经常穿那件毛衣。大约从去年开始，母亲生活的地基出现晃动，担忧与不安的情绪如同细小的裂纹入侵她的内心，而这一年，那些细小的裂纹进一步扩大，最终变成低沉的黑云将她的心紧紧笼罩。

到这里,我们可以很明确地判断母亲患上了痴呆症。和母亲住在一起的妹妹似乎察觉到了她的异样。尽管我生活在离她们只有两小时车程的地方,但当时的我选择对现实视而不见,对妹妹的担忧也同样置若罔闻。

这一年的除夕,母亲在日记的最后这么写着:"不知道我是不是痴呆了。我的健忘和偏执越来越严重,带给绿子许多困扰,让她感觉烦躁。"母亲暗自决定"不再做天妇罗,因为很危险",但是,碰上女儿回家早的时候,她又打算"再试一次",一想到昏黄的傍晚,母亲独自在厨房里拿不定主意的情景,我忍不住流泪。我小的时候,晚饭经常是很多人一起吃,五个家庭成员加上护士、帮工的阿姨。人多的时候,天妇罗可以根据吃饭的人数随意做出调整。它曾经是母亲的招牌菜。

七十八岁(2002年)
"我想住进东京的养老院"

这一年里,母亲依然很积极地参与教会活动、学习钢琴和西班牙语、练习水中散步。尽管从表面上看起来,母亲的生活没有太大的变化,但认知功能障碍引起的问题越来越多。母亲也开始频繁地对自己今后的生活有所顾虑。另外,她的体力也明显出现下降,前往医疗机构问诊的次数有所增加。

4月1日（星期一）

电视上播出的晨间剧换了。新学期开始。小智要上四年级了。绿子扛着很多要洗的衣服出了门。我在家里打扫卫生，买了教材，把章一郎老师所著的"西行"[1]之书寄回给大野，弄生协采购，忙前忙后好一阵子。这周还有钢琴课，压力有些大。开始阅读《保元物语》[2]。我感觉有点感冒症状，今天早点休息。

4月2日（星期二）

发烧了。一天都懒懒散散。读完关于西行法师的书，再读《保元物语》的中心部分时，让我想起西行之书的结尾。下午《白昼下的原野》收到了，阅读。这一期很厚，是追悼〈窪田章一郎[3]〉老师的专题。书中刊载了川上夫妇、佐佐川先生和大村先生的寄语，缅怀桥本〈喜典〉老师的良苦用心。很好的纪念特刊。下午一直躺在床上。

---

1 西行（1118—1190）：平安时代末期至镰仓时代初期的日本武士、僧侣、歌人。世人谓之"西行法师"。
2 《保元物语》：成书于镰仓时代前期，以平安末期的"保元之乱"为题材。
3 窪田章一郎（1908—2001）：昭和、平成时期的歌人，《白昼下的原野》杂志的领军人物；早稻田大学名誉教授。

4月3日（星期三）

　　早上醒来，没什么食欲。饭留到中午才吃。读《白昼下的原野》，打电话。不停地流鼻涕，有点难受。池本打来电话。致电原泽、饭森。被邀请去游园会，我本想答应，又想起来28号北村家要举办"《圣经》学习会"。可能大上也有安排没法参加？今天要早点休息。

4月4日（周四）

　　早上去皮肤科。病一直没好，只好去医院。看到医生开了和之前一样的药，我松了一口气。

　　没怎么发烧，但是鼻涕一直流，很烦。眼睛也有些干涩，中午我午休了一会儿。睡得很熟。前些日子在三越百货买的毯子下午送到了。在三越众多精美的地毯中看到这条的时候，觉得它有些寒碜，心里有些拿不定主意。但也许实际铺在房间里，即便达不到令人眼前一亮的程度，也算成体统，总比让地板上那些坑坑洼洼的铆钉痕就那么暴露着要好。把毯子压到床沿下的工作把我这个病人累得气喘吁吁。真是倒霉，偏偏在旅行前夕感冒。钢琴课也延后了。读完西行的书后读《保元物语》。很有趣。《白昼下的原野》追悼章一郎老师的特刊也收到了。很厚，值得一读。

4月5日（星期五）

终于没流鼻涕了。虽然没发烧，但身体很吃不消。每天白天都睡得很沉。今天下午也在睡觉。好不容易身体迎来好转，晚上做了亲子盖饭。绿子还在学校，很晚才能吃晚饭，所以我做得比较简单。好久没出门了，我去lalaport买了面包。回程乘坐公交车。虽然这样有点没出息。我必须让自己尽快回复[1]。晚上打电话给如一〈母亲的堂弟〉，把姐姐幼年时候的照片发给他。

4月6日（星期六）

住在柏井的斋藤淳寄来了竹笋。感谢他的体贴。大大小小一共六根的样子。我分给了内野、加山，还送给了山本。山本说他很惊喜地在千间神社的院子里看到了竹笋，把它们带回家了。我把竹笋用米糠加水煮过，之后去参加"《圣经》100周"的学习。早上忙前忙后的，只能到了学习会再

1　回复：此处套用原文的笔误。原文中母亲把"回復"写成"快服"，这里把"恢复"译成"回复"。

读。尽管事情没有按照我的计划进行，但在"《圣经》学习会"上听到了大家宝贵的意见。得到了撒母耳的圣像，以及内山从意大利带回来的《最后的晚餐》的大尺寸卡片。很久未见到这么多人，身体依旧不大舒服，我提前回家了。绿子今天去了东京市内的学校，但她到家比我早。周六要出门，我感觉有些困难。晚饭拜托绿子做了竹笋天妇罗，很美味。晚上邦子打来电话。我告诉她可能无法参加周一的至现会〈展览〉。煲电话粥依旧很开心，但聊得有些久。今天晚上也没有洗澡就去睡觉了。

4月7日（星期日）

感冒一直拖拉着没好，早上的弥撒请假了。A一家人说今天晚上要来，我把家里打扫了，绿子做了竹笋焖饭。白天和千枝子、驹野一起买了去吉野的车票。今天绿子在家做了酸奶蛋糕，特别好吃。本来想让佐智子听我弹钢琴，但和她（还有绿子）聊得太起兴，错失了机会。真遗憾……（不过，我弹得不好，所以也有一些不好意思）大家都来家里做客，我感到很开心。晚上M打来电话。今天过得真开心。

大家也许注意到了，4月2日和4日的日记里重复出现了收到很厚的《白昼下的原野》——滢田章一郎老师的追悼特刊。我推测是母亲在4日又一次阅读了2日收到的杂志，便误以为是4日收到的书。

这一年的4月9日和10日，母亲和短歌会的四个伙伴一起前往吉野观赏樱花。在动身之前，就像日记里所写的，她阅读了关于西行法师的书籍资料，到吉野山之后，拜访了西行法师的行迹。此外，她还和教会、短歌会的伙伴们一起在国内进行过几次短途旅行。在旅行期间或旅行回来后，母亲照常在日记中留下了记录。

母亲对知识依然有着很强的好奇心。3月，她开始参加关于《万叶集》的讲座，日记里记录着"读大江健三郎《为什么孩子要上学》（1月28日）""去岩波会馆观看平冢雷鸟的电影（6月3日）""读梅原猛的《诸神的流窜》（10月24日）"，她继续在知识的海洋里乘风远航。和四年前一样，她依然对世界杯抱有兴趣，从6月4日和比利时的首场比赛，到15日对战突尼斯、18日对战土耳其，再到30日巴西队和德国队的决赛，母亲都在日记本里一一留下了观赛评论和输赢记录。虽然母亲对足球的规则了解甚少，只知道除守门员以外的成员不能用手，但她仍然深夜一个人守在电视机前观看球赛。她在日记里写着："世界杯决赛，巴西队对德国队，2比0，巴西获胜。罗纳尔多的射门赢得2分，德国队的守门员卡恩虽然实力惊人，依然无法抗衡。又一年的世界杯激战落下帷幕。"我想象着母亲写下这些话时的样子，心里才稍微有些宽慰。

这一年的日记里频繁出现"我累了"三个字。她哀叹自己赶不上短歌截稿日的次数也有所增加。在表2中，我根据词语的意义将日记中母亲所使用的词语进行分类，并统计它们出现的频率。以2002年为界，"不适、担心、后悔"相关词语出现的次数越来越多。

就连每天一定会写的日记，在2002年的9月1日至10日这十天里，只有五天留下了不满一行的记录，剩下的五天没有任何记载。在这之前的8月下旬，母亲极其繁忙。

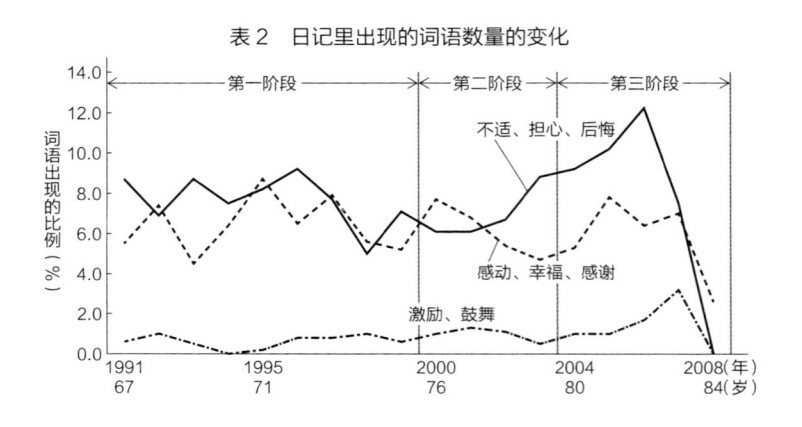

表2 日记里出现的词语数量的变化

从8月24日到26日，母亲参加了《白昼下的原野》的研修旅行。她从22日开始做出行准备，在日记里写下"要跟孩子一样注意，别忘带东西"。23日，她再次提道："为明天《白昼下的原野》的大活动做准备。东西都收拾得差不多了。切勿忘带东西，牢记东西都放在哪里。"在这前后，母亲不知出于什么理由，想改写自己的遗书，日记里有这样的记载："我把遗书拿出来看了一遍，又把它封好。存折No修改。"24日至26日上午，母亲外出参加短歌会，26日傍晚到家。27日到31日期间的日记里连续数日出现"累了""早睡""睡很多"的表述。31日，母亲写道："中午睡了一个舒服的午觉，稍微恢复了精神"，可第二天9月1日的日记却是："下午去尼古拉教堂，富久子也出席了，我们一同祈祷。晚上一起吃完饭后回家。到家后瘫倒。"2日"累得动弹不得，只想睡觉"，4日"忘记今天有西武＜歌会＞，大下打来电话"，6日"母亲的忌日"，7日"正彦晚上过来看我"，这几天的日记字数都不到一行。3日、5日、8日、9日完全没有任何记录，包括她去之前看病的医生那里问诊的记录，以此可推断出母亲并没有出现明显的病症，只是感觉极度疲惫。

  这个时期，母亲生活中最大的问题是，作为一位七十九岁的老人，她同时做太多事情，外出也过于频繁。如今回望当初，这个时期母亲的生活仿佛被一种强迫观念所支配，她迫切地要做些事。

  这一年，日记中关于认知功能的记录也是到那时为止最多的，一共有二十六处。其中关于自己将来生活的记录是最多的，有六次。其次是忘东西、丢东西的记录，有五次。哀叹现状四次,做饭失败三次,和记忆混乱相关的记录有两次,弄错日期和时间两次,写不出短歌两次,另外还有两次其他事情。

这一年中,母亲察觉到自己在生活各个方面都表现出认知能力的衰退。2月里,母亲前往银行操作重新装修过的租借保险箱,却感到一头雾水。2月12日的日记里写道:"三菱＜银行＞的租赁保险箱操作变难了,我有些害怕。门关后室内只有我一个人。没习惯之前都很不方便。"做不好饭也打击了母亲的自信心。"我准备做寿喜烧,结果忘记煮饭。只好去超市买现成的米饭。要是孩子他爸还在,肯定没法这么糊弄了事(2月18日)。""在生协超市订了很多草莓,做草莓果酱。很久未做,没控制好,失败了。尝的第二口还凑合。我感觉自己做饭的能力变得很差,真是太可怜了(3月18日)。"5月5日,母亲邀请孙儿过来,庆祝男孩节,当天"用新方法做了红豆饭,效果不错。还好我让佐智子指导我(因为担心自己做不好)"。暂且不说做草莓酱失败的事,在生协订购大量的草莓,也许是母亲下单的失误。在11月25日的日记里又一次出现类似的记载:"生协超市送来了很多东西,令人头疼。我是不是又犯糊涂了。囤了这么多东西,绿子肯定又要责备我。"

忘记东西、弄丢东西这类事情对母亲而言,是迫使她毫无保留地直面自己能力降低的现实。她常常在日记里写下失败的经过,然后留下自己的感想。1月13日,她把药连着装药的袋子弄丢,"这段时间我的健忘太严重了,很担心自己";3月5日,她把购买的教材忘在书店,"我对稀里糊涂的自己感到厌倦,这样的错误我从年轻的时候就总犯,而非现在才开始";8月14日,她发现东西不见后在家里到处找,事后日记里记载,"刚才还在这里的东西,下一秒就不知道去哪儿了。我肯定是痴呆了。我年轻时就是出了名的爱丢东西、犯糊涂,一想到自己今后会成什么样,我就感到胆怯";12月11日,她坚信妹妹的存折没有放在银行的保险箱(后面发现是自己弄错了),"最近我犯傻已经超过了正常限度,很懊恼,一定要更加注意"。母亲将自己粗心大意、经常丢东西的行为归因为年轻时就有的毛病,努力让自己更好接受。尽管如此,从日记中可以看出,她已然无法掩饰内心对自己可能已经患上痴呆症的担忧。

诸如弄错约定之类的记忆错误也开始增多。3月25日,母亲和幼儿园的四个同学约定一起去位于佐仓的DIC川村纪念美术馆。她为了不犯错误,早上很早起床,认真地为出门做准备。结果她比约定的时间早1个小时就出门了。到了途中的某站她才回过神来,准备在那里等其他同学,怎料又搭上了比约定的车更早一班的车次。在那天日记的最后,她写着:"'等她回过神来,在总站下了车'我做祈祷、写歌打发时间,因为没有留笔记,我一糊涂,坐上了比约定的电车早一班的车。在车上我想了一下才反应过来,但为时已晚。在佐仓站等了一班车,和朋友们会合。很多次我都搞错时间和日子,经常陷入偏执,我很担心自己。原本我这个人就不擅长这些,如果不多加注意的话会酿成大祸。"

诸如此类的失败越来越多。此外,这一年的日记里还有一点很明显，那就是母亲对自己认知功能衰退所发出的哀叹，以及由此引发的对今后生活的不安。

2月10日

我想和绿子好好商量自己今后的住处等事情，但很难跟她〈生活在一起的女儿〉开口。儿子们也很难抽出时间。没法大家聚在一起讨论。所以我才拖拖拉拉到了现在。

9月16日

绿子叫上了正彦和阳彦，家人一起在老人之日[1]团聚。光是大家能够聚在一起，我就非常高兴。绿子心里一定很委屈。她一定觉得自己一个人要肩负起照顾我的义务。（略）我只希望自己能够尽可能保持健康，他们三个能融洽相处。我很感激他们。

9月21日

绿子对我很好，她大概在忍耐着和我共同生活。而我呢，最近总是无精打采。不知道她是不是感到厌烦，她现在嫌麻烦不告诉我别人的名字，因

---

[1] 老人之日：日本社会呼吁关注老年人福祉的节日，时间为每年的9月15日。

为我记不住。我想把人名做成表格贴起来，但是一转头又忘了这码事。绿子旅行回来后也不和我分享，她也不听我旅行的故事。我们的生活节奏变得完全脱节，也许她讨厌我一直在这里磨磨蹭蹭的。

12月10日

向教会请了假。今天在御茶水有养老院的导览，我过去参加了。有一场关于老年痴呆症状的讲座，之后是养老院的介绍，我拿了很多介绍资料回家。我认为有必要事先了解一下。

母亲想尽办法不给同一屋檐下的女儿添麻烦。另一方面，对于歌会和教会集会，她也渐渐地感觉到不自在。回到家，她开始觉得自己跟不上女儿和儿子的生活节奏，内心产生被落下的孤独感。而我们做子女的认为，母亲一直在宽敞的家中过着闲适的生活，如果住进养老院一定会不习惯。做这样的打算对我们而言是一件麻烦事，令我们感到焦虑，所以我们希望尽可能地拖延，等到真的不得不面对时，再想办法（至于会不会有办法，我们并没有具体的打算和计划）。我们逃避着母亲的问题。

这段时间，只要母亲一提起想住进养老院的事，我就不耐烦地试图转移话题。当时母亲说话来回兜着圈子，并不清楚自己想要的具体是什么。只是想回到自己成长的城市东京，住进养老院让工作人员照料自己的生活,这样既不会麻烦女儿,又能经常见到旧时的好友,这样的生活一定很愉快。她的话在我听起来完全不现实,而且如果当时真的按照母亲想的去做,大概也不会如设想的那般顺利。尽管如此,3月3日,和母亲同样是东京人的挚友,离开了千叶县的婆家,住进东京的养老院。母亲听到这个消息后非常羡慕对方。如果去了东京,如果住进了东京的养老院,就可以从当下的繁杂中逃离出去。母亲的想法在我们的眼里不过是天方夜谭。而隐藏在这一想法背后的,是母亲对现在的生活和将来的不安,以及对身患认知功能障碍的恐惧。可我没有察觉到这些真真实实存在的、极为具体的情绪。不,更准确地说,我的内心很清楚,我是惧怕察觉到这些情绪的存在。11月10日,母亲为了参加养老院的导览活动,甚至跟教会请了假。尽管她采取了行动,但此时她已经不再拥有今后独自前进的能力。

虽然从外表看似乎没有发生什么变化,但母亲的心灵正在逐渐驶向一个落寞的世界。写不出短歌的情况其实之前也发生过很多次,但这一年里,母亲开始将自己写不出短歌和自身的情绪变化联系起来,在日记中哀叹。比如,10月29日,她写道:"不知为何,这段时间我察觉不到内心的情绪,心灵逐渐干涸。完全写不出短歌。"12月14日,她的身体出了问题,往年这时候她都会邀请留学生来家中做客,举办圣诞聚会。这一年却未能如期举办。12月26日的日记里写着:"今年没能在家里举行圣诞聚会。明年又如何呢?"言语里透出她内心的不安。

12月31日，除夕夜这天的日记里，母亲写道："托大家的福，今年顺顺利利地过去了。我已经完全成了一个需要照顾的老人。从明年开始，我要好好精简自己的生活，努力把日子过得简单。最重要的是，今年是充满感激的一年。"

七十九岁（2003年）
"我觉得自己真可悲，想快点消失"

这一年中，平均每个月里只有几个人来家里做客。一方面，母亲在家中招待朋友、熟人的次数变得非常少；另一方面，外出次数却超过二十五次。看电影、看艺术展览、听音乐会，外出的频率依然没有变化。日记中虽然没有出现去游泳池、去做体操的记载，但母亲依然坚持参加短歌会、教会，和女子大学的同学一起进行的古典文学读书会等活动。不过，自这一年开始，很多时候她会找理由不参加短歌会的活动，或者中途退场回家。教会的"《圣经》100周"活动，大概是因为周围伙伴的善意相助，母亲才得以继续参加。但实际上，母亲读得已经非常吃力，她本人也知道，很多时候她都因为身体欠佳而缺席。

4月1日（星期二）
　　一转眼就到四月了。今天天气暖和，我选了一条裙子穿。脱掉长裤后才终于感受到春天的来临。上午，粉刷工人来家里把前些日子被撞坏的院墙〈我家的院墙被打滑的汽车撞坏了〉修好。焕然一新，感谢他们。隔壁的藤冈搬走后，住进来了新人。对方跑过来把见面礼递给我，名字也没告诉我就回去了。也许这样反而倒好，但稍微有点？今天是假期状态。

4月2日（星期三）

从早上开始一直下雨。这么冷很难说是倒春寒。早上学习钢琴。还有上个月的记账和改裤脚。很久没有做裁缝，缝纫机很不好用，恼火。到最后只好用手缝。看来机器需要修理一下。傍晚去lalaport购买明天扫墓用的花、一些食材、面包等东西。没想到人特别多，我很吃惊。也许是放春假的原因，商场里很多年轻人。他们是来买东西还是来玩的呢？

4月3日（星期四）

今天是Yoe的生日，我和他一起去扫墓（Yoe妈妈的忌日是4月19日，提前扫墓）。大家一起在秃头天[1]

1　秃头天：东京天妇罗名店。因为第一代店主是秃头，故店名取为秃头天。

吃饭。天妇罗很好吃。只是一点心意，会不会有些敷衍？但我觉得没必要太过于隆重。樱花盛开。回家后，练习钢琴。终于能弹得顺畅。把冬天的衣物收纳起来，接下来是春天的衣服。仅有的东西看起来够用，太好了。

4月4日（星期五）

　　上午，上钢琴课。结束后，去船桥买面包。去三菱、三井银行补打存折记录、存钱。还是去服装店看了看（？）。没有买什么东西。到处都是盛开的樱花，有些冷。回家后，我感到有些疲倦，中午睡了一会儿。渡边打来电话。得知她是第一次读《苇》，我很意外。她说她整天忙于工作！傍晚时分开始"《圣经》100周"的阅读。○○读不明白。

4月5日（星期六）

　　昨天和今天正木都打来电话，告诉我这次的旅行计划。在石垣岛和周边的三岛停留三天两晚。她邀请我先去耶马溪[1]。我想和姐姐好好见一面，答应了她的好意。和绿子商量日程安排。要是前半段的

1　耶马溪：位于日本九州大分县中津市山国川的中上游的溪谷，获选为新日本三景之一。

行程绿子也能一起去就好了。傍晚打电话给富美子。她没有什么变化，仍然一个人在病床上认真养病。人生有千百种滋味。我这样子没什么好抱怨的。绿子在教会做《果实》的编辑工作。

4月6日（星期日）

　　昨晚下了雨。我以为樱花大部分都被打落了，结果绿子在往返教会的路上特意带我走樱花树下，我很开心。今天是教会大扫除的日子，我们帮忙完成八成左右后解散。下午，绿子帮我照顾花坛，我帮了一会儿忙，又处理她的衣服袖口，把她裙子的腰围改小（万岁），在做家务事中度过下午。美好的休息日。晚上绿子做了很久没做的鸡肉咖喱饭，很好吃。

4月7日（星期一）

　　我以为昨天刮大风把樱花吹散了，今天又是暖洋洋的春日天气。额头上的皮肤发炎，上午去皮肤科看病。看病的人很多，但医生仔细地给我做检查，还是来看一下放心。开了内服药和涂抹的药膏。老医生前些日子去世了。这里的工作想必很忙。下午订购生协超市。听了很久没听的英语会话节目。英语比西班牙语听起来更熟悉，很有趣。

这一年里，母亲在一直频繁参与的短歌会活动上碰壁的事增多，教会的"《圣经》100周"活动也几乎变成了苦行。像4月6日的日记里所记载的那样，白天和女儿一起在家里做家务是最平静的。当母亲一个人在家，既没有外出计划，也不用赶短歌截稿日时，她一整天的心情都十分平和。

> 8月14日
> 从早上开始下雨。全日本都不像已经进入夏天。今天没有出去的安排，早上在家打扫卫生。做了扫灰尘的掸子。上午疯狂练习钢琴。无论怎样都会卡顿的地方，我试着一点一点地攻破。雨下得很大，没法出门。于是我把抽屉、冰箱还有其他注意到的地方该打扫的打扫、该收拾的收拾。这一周都没有出门的安排，所以有时间打理家里。要能写点短歌就更好了。阅读幸田文的《木》。

这一年发生的大事件要属母亲的五天四日九州和冲绳之旅。母亲先去九州拜访了住在大分的姐姐一家。在三个外甥女的帮助下，环游了石垣岛、西表岛、竹富岛、由布岛等八重山群岛。5月20日从羽田机场出发，24日晚上再次回到羽田，这期间母亲留下了比平时多出一倍的、非常详尽的日记，甚至横线外的空白处都被她小巧的字填满。和去年的旅行不一样，这次旅行回来之后，从第二天开始，她在日记里翔实地留下旅行的记录。也许因为母亲这一次是和亲人一起旅行，心情十分放松。哪怕身体有劳累，却没有精神上的疲惫，所以能尽情享受旅行的乐趣。在之前的 4 月 30 日，母亲和女儿两人去清里待了两天一晚，从满页的字迹中就能够感受到这趟短途旅行中她的快乐。

虽说有这些快乐时光，但从这段时期前后开始，母亲身上出现了明显的迹象，表明她认知功能的衰退已经超过了老龄变化的正常范畴。她的精神功能正在一点一点地加速崩溃。母亲也逐渐实实在在地察觉到自己功能的衰退。这一年里和认知功能衰退相关的记载有二十四次。"去取钢笔，人家却告诉我钢笔已经被我取回去了。我没有小票，所以大概是自己搞错了。回到家里四处找寻，可是没找到。最近我不相信自己的记忆力，很苦恼（2 月 8 日）""我记错了钢琴课时间，早到了三十分钟。给老师添麻烦了。最近经常搞错时间和日期，一定要多加注意（5 月 28 日）""好像又在生协超市订错了东西。送来了 2 份片好的竹荚鱼、蓝莓和蓝莓果酱。大概是我买重了。竹荚鱼送了一份给邻居。幸好果酱能放。是我的糊涂造成了这样的浪费（7 月 14 日）"……这些错误都是源于阿尔茨海默病的核心病症，如记忆能力障碍、定向能力障碍等。虽然都不是什么严重的事，母亲也在尽全力克服，但我们仍然能从字里行间感受到她的无助。

做饭的失败记录也有所增加。"最近厨艺拙劣，总是失败，变得很随便。是年纪大了吗？（4 月 24 日）""＜为留学生＞从早上开始做料理的准备,是因为我老了所以觉得这么麻烦吗?做寿司醋饭。虽然我不愿意翻菜谱书去找比例,但现在的我只能这么做(6月14日)""昨天把小绿留在家的梅子处理了。尽管现在的我觉得这些活儿很麻烦,但也是难得的机会,我做了一些糖水煮梅子、梅子果汁,用全熟的梅子做了果酱(6月23日)"。做饭对母亲来说从不是一件令她感到操劳的事,但现在她已经不能熟练地完成。"晚上做了中华料理风味的糖醋猪肉,但忘记搭配米饭。饭煮好得太晚。好在绿子到家的时间晚,时间上没有出大错。总是做错事(8月24日)""难得做一次照烧,结果全煳了。幸好绿子回来得晚,有时间补救。钢琴的练习?弹不好(11月11日)"……如此失误不断。对于由于健忘和缺乏时间观念所导致的错误,母亲有所察觉,但过去一直顺利完成的事情如今却频频遭遇失败,母亲自己无法理解。

她问自己"是年纪大了吗?",同时隐隐感觉到自己的大脑内部正在发生正常衰老之外的不祥变化。我们能从日记中感受到她内心的惶恐。前些日子,母亲因为眼睛不舒服去顺天堂医院看病。她打电话给顺天堂医院,询问CT结果,"医院说什么事也没有。不过我没来得及问之前我敲脑袋的事情(2月23日)"。这个时候,母亲在面对失误的时候还保持着她一贯的幽默。可在这之后,"<受大雪预警,教会取消了集会活动>我知道自己的精神状态越来越消极,但没有办法(3月7日)""想到别人是怎么看我的,我就觉得自己真可怜,想快点消失(9月2日)""不管怎么说,我必须振作起来,不能傻了(9月26日)""我已经接近人生的尾声,却什么像样的事情也做不成,整个人精神涣散(11月23日)""我得开始做人生最后的准备。要是活成个痴呆可麻烦了(12月16日)"。母亲每每遭遇失败,会降低对自己的评价,她的表达逐步走向封闭。

她不像去年那般慎重地思考自己今后的行为和处事方式。日记里出现了两回孩子因担心她的将来而聚起来商量的记录。母亲对这两次家庭会议的记载都和去年不同。她不再在日记中写下自己的期望,而是在一旁看着,对孩子们的结论感到担忧。9月30日,母亲在日记中这样写道:"三个孩子经过商量,决定维持现状。我感到这样对绿子有些不公平。如果她在人生中遇到一个好人,也许情况有所好转。我已变成一个大包袱?我真心希望自己不要痴呆,不要到人生的最后卧床不起。"

除此之外,日常生活中的琐碎小事也变成了令母亲头疼的困难。比如,"去三菱银行拿养老金证明材料。银行新的装修让我找不着北,有些担心。还好在场有个人教我怎么操作,顺利取到了。回家后把这件事告诉绿子。绿子责备我说很危险,一定要问银行的工作人员(7月8日)""算账算得乱七八糟的,怎么都弄不好(10月24日)"。

母亲常年爱好的短歌创作也变得无法进行。"交上去的两首歌写得一塌糊涂,失望极了。被指出空有其表,无力反击。还有我对坂本作品的歌评也被批评得体无完肤。我快要厌恶作歌了

（11月28日）""写不出来歌。尽管我很担心要是再也写不出来该怎么办，但脑子仍旧一片空白（12月3日）"。写不出短歌，自己创作的短歌遭到他人直言不讳的犀利评论，这样反反复复的经历严重打击了母亲的自尊心。

第三阶段
八十―八十四岁
被衰老蹂躏的每一天，深陷自我崩塌的恐惧

在第三阶段，母亲长期坚持的社会性活动变得越发难以继续，在家庭生活上也需要帮助。她清楚地意识到自己患上了认知功能障碍，并对自己现在的样子失去了信心。

八十岁（2004年）
"想到自己会这么傻下去……"

5月，母亲迎来八十岁的生日。从这个春天开始，我们请了人到家里帮忙做家务。从这一年往后，来访者几乎只剩下家政人员和家庭成员。尽管一个月的外出次数有二十余次，但一半的目的地都是医疗机构，以不需要乘坐交通工具的地点为多，去健身房、电影院和美术馆的次数变少。之前日记中所见的，留学生和

朋友来拜访母亲的次数大幅减少,她的生活圈子开始缩小。

4月1日(星期四)

　　早上去医院。以后我要自己去,这次得努力记住看病的流程要点。医生简单给我看了一下,告诉我状态良好。因为不需要开药,只用支付80日元的诊疗费。托医生的福,我恢复得很好,腿越来越能走。回程路上绿子带我去逛了滨离宫。樱花、油菜花、蒲公英花都开了。绕了一段远路,我有些疲惫,但它让我感觉重新回到了人间烟火。回家路上(在Caretta汐留购物中心48楼)吃了午饭,吃的是天妇罗。很好吃。我一定能好起来。

4月2日(星期五)

　　早上趁雨停的间隙清理杂草,否则花儿太可怜了。下午外出去东武,正好锻炼身体。把雨伞当拐杖。我打算给Yoe买份礼物,但又想不出来送什么,无奈之下选择了高尔夫球衫。明天是他的生日,偶尔也应该什么都不送……除此之外什么也没买,径直回家。累了。我还想给A和M一家人都送点东西,但今天没时间。傍晚池本打来电话。她真体贴,让我感到温暖。预习"100周"的下一次内容。

4月3日（星期六）

今天很暖和。今天绿子不上班，早上她在休息，我洗了衣服。短歌讲座调整了时间，我没能听到。上午绿子帮忙打扫房间。我打理庭院。今天是柳绒节[1]，傍晚去教堂做弥撒，很久没去了。田村神父带着十三名侍者进行弥撒，很辛苦。我向古川慎服献礼献金。复活节的准备姑且完成，放心了。

4月4日（星期日）

还好昨晚绿子带我去了教会。今天和天气预报里说的一样，全天都在下雨，冷冰冰的。吃完早饭后，上午我睡着了，醒来时已经接近1点。难道是昨晚累着了吗？下午一边看电视一边织被套的图案。家里还剩下很多毛线，我想用它们织一件被套，这才刚开始。但是眼睛很快就觉得酸，进展不顺利。我需要寻找让自己轻松度过独处时间的方法。今天绿子也在家休息。

4月5日（星期一）

听说我的保险可以使用，于是去三菱银行取相

1　柳绒节：基督教节日，标志着圣周的开始。

关材料。原以为只有邮政保险可以用，结果日本生命保险公司的也可以（八十岁之前），我真高兴。不过，家里的电话坏了，没办法打给别人。明天有客人来家里，只能后天再去寄资料。明天上午如一来，下午石川来。我去东武买东西。虽然我嫌走路回来累，但还是努力做到了。今天女子大学为欢迎驹田举办同学会，我不参加。接到饭森的电话。

4月6日（星期二）

　　早上如一来家里。带了蛋糕和山里的树枝。我很开心。我俩和Yoe会合后一起去扫墓。真感谢他们能来，我很开心。下午石川来家里。我们一起吃她带来的乳酪蛋糕。很美味。身边有这些温暖的朋友，我感到幸福。收到大下寄来的附有自家庭院××照片的信。好事连连，真开心。今天是个好日子。打通了日本生命的电话，开始办理保险的手续。

4月7日（星期三）

　　今天是祥和的一天。向松下、道子姐姐发去病愈的祝贺。给疗养中的小岛寄去问候。走了一段路，我感到有些累。吃完点心后，出门前往约克超市[1]买今天要寄送的回礼。买了火腿和罐装食品。然后做了煮苹果。保险办理手续的材料寄到了,看起来很麻烦。晚上请绿子帮忙看。M打来电话,一起商量Yoe的事情和连休的安排,很关心我。

母亲在4月1日的日记里所提到的"医院"是位于筑地的癌症治疗中心中央医院(下文简称"癌症中心")。这一年的2月20日,母亲在这家医院接受了胃癌手术。几个月前,母亲因为突发小脑梗死而紧急住院,在医院做全身检查(为了开防止脑梗复发的抗凝剂处方)时,诊断出了胃癌。下面是突发小脑梗死那天的日记。

1月17日
今天上午10点集合去大网参加短歌的新年会。早上我正洗脸做准备的时候,忽然意识模糊,站不稳。我想到了滨田老师。我想叫绿子,可发不出声音来。我躺在地上,勉强爬到客厅拿起电话〈一楼客厅里能接通二楼女儿房间的内线电话〉。绿子飞跑过来(也许她在电话里察觉到了我的异样?),

---

[1] 约克超市:原名为ヨークマート。7&I旗下的伊藤洋华堂在关东南部地区开设的连锁超市。

> 联系了栗原医生。按照医生的指示叫了救护车。在救护车里我感觉到嘴部肌肉逐渐恢复，意识慢慢清醒。抵达古津医院做检查。是脑梗死吗？万万没想到。下午，Ma赶过来，为我换成单间病房。

从早晨在家中瘫倒，救护车赶来，到住进附近的医院，母亲在日记中对其间身体症状的描写，以及对所发生的事情的记录都出乎意料地十分准确。大概她为了写日记，拜托女儿把日记本从家中拿到了医院。之后一直到她出院的1月31日，日记本中连空白的地方都写满了记录，母亲娟秀的小字记录了在医院发生的事情的细节、接受的检查以及她对此的感想、医生的说明，甚至还写下了前来探病的亲友和礼物清单。从出院第二天的2月1日往后，母亲对当时的状况始终有着清晰正确的把握，并未发生任何定向认知的混乱。她克服了这次危机。

2月5日，我和女儿带着她去筑地的癌症中心做检查。我的同学，同时也是当时这家医院的外科主任，很细致地为母亲做了检查。这一天，母亲再次意识到自己身患癌症的事实，她告诉了神父和挚友。

这一年，母亲的生活圈子进一步缩小。此前她一直将短歌会视为人生的意义，这时参加歌会的活动却变成了一件痛苦的事情。在教会，像做弥撒这样只需沉默地坐着的活动还好，像学习《圣经》等需要动用认知功能的活动，则越来越难熬。

当住在外地的两个儿子来看望她的时候，她会在日记里写下"真开心""很快乐"的心情。和女儿共度时光的平常日子，母亲也会留下喜悦的记载，那些并非场面话，而是母亲的心声。2月11日，母亲和绿子在家里闲散地度过休息日时光，这一天的日记里写着，"我想哪怕我去了天国，也不会忘记今天的喜悦"。1月31日从家附近的医院出院，2月18日住进癌症中心，在这期间母亲重新写了遗书，修改了葬礼环节的指示内容。之后她在20日接受了手术。

住院期间的日记里记载着晚上的事情，我想大概是她第二天补写的。20日、21日的晚上，她陷入了谵妄状态（身体知觉清楚，但大脑却意识模糊，是意识功能障碍的一种。全身麻醉后接受手术的高龄者经常在手术后发生谵妄），这两天晚上分别是在护士站和旁边的观察室度过的。这期间母亲的记忆虽然有一定程度的模糊，但她对大致方向的记录是正确的。就算日记是第二天补写的，但母亲周围并没有其他在场见证的亲人，所以她只能凭自己的记忆来书写。从住院开始，直到3月4日出院，这期间每日的身体状况、吃的饭、来探病的亲友以及收到的礼品等，母亲都留下了正确的记录。从突发小脑梗死后紧急住院的那一天开始，直到在癌症中心出院，母亲每一天都在日记里留下了详细的记录。

不过，紧急住进家附近的医院时，母亲曾出现意识混乱，进错了病房，后来家人立刻把她转到单人病房。另外，在癌症中心的时候，因为母亲发生了谵妄，连续两个晚上她都要依靠病房里护士的照顾。留在我记忆里的都是这些让我感到母亲认知功能障碍越发严重的事情。所以当我重读她的日记，发现她其实对情况有着大致正确的把握时，我有些吃惊。

出院后，母亲把住院期间照顾她的人、来探病的人列了一个名单，分别打电话告知对方出院的消息以及表达感谢、写感谢信、寄送谢礼。3月12日，她头一回一个人站在院子里做康复运动。"绕着家四周的水泥路走，一圈走一百步，走了好几圈（3月12日）""第一次自己出家门投递信件。很顺利。庭院里的小苍兰长出了花苞，葡萄风信子开出紫色的花朵。我没能好好照顾它们，本以为今年不会再开。不愧是春天的力量（3月13日）"。之后，母亲逐渐拉长外出的移动距离，每一次她都会把走的步数标记在日记本框线外的空白处。

总的来说，虽然母亲在年初就早早地经历了住院、做手术等令人身心疲惫的折磨，但直到这一年的春天，她都保持着平和的心态，认真在日记里做着记录。也许其中一个原因是，从去年开始，家里请了家政人员来帮忙，做饭等家务事交给了专业人士，母亲也因为生病，自然而然地不再参加短歌会、"《圣经》学习会"等活动，因此很少有机会直面自己能力逐渐丧失的现实。

第一次出现和认知功能衰退相关的记载是在4月9日。这一年里和认知功能衰退有关的记录从去年的二十四件变成五十二件，增长了一倍。所有的记录都出现在4月以后。手术后，母亲努力地想要恢复之前的生活节奏，但效果并没有预想的那么好。5月之后的日记中此类的表述越来越多："无所事事地度过""一直在睡觉""本打算去××，放弃了""累了""筋疲力尽""睡觉的时间变多了"……之前，母亲在教会同伴的善意帮助下才好不容易跟上"《圣经》100周"的学习，现在为此准备的工作令她感到很痛苦。临到活动当天，母亲总是因为身体状况不佳而缺席。短歌会活动的缺席次数也逐渐增多，有时，难得她参加一次，却因为弄错时间而迟到，或者过于劳累而早退，日记里频频出现这样的记录。7月，母亲从常年参与的歌会"土笔会"退出。

在和自己认知功能衰退有关的五十二次记载中，母亲对此发出哀叹的次数一共有十七次。而其他和认知功能衰退没有直接关系的悲叹表达更是频繁出现，数不胜数。决定做的事情做不好，以为轻而易举的事情却频遭失败，心里知道必须努力而实际却无法做到，每一个小小的失败都蚕食着母亲的自尊心。她难以应付在市政部门办理业务，"各种烦琐，无法整理好思绪，很苦恼（4月9日）"；不知道该如何使用购物卡和百货店的会员卡折扣，"不明白自己为什么这么笨，真丢脸（8月3日）"；她会因为身体疲惫而睡很久，"不知道为什么，从早上开始一直睡了又醒，醒了又睡。胃口虽有，但感觉精神呆滞，心里发怵（4月18日）""外表没什么变化，身上也没有哪里痛，但就是没有精神，很苦恼（5月8日）""为什么我这么没有精神呢，浑身乏力，真丢人（5月12日）""不知道是因为体力还未完全恢复，还是因为我痴呆了，真着急（8月8日）"；她有时写不出短歌，"写不出歌。我担心自己真的会这么痴呆下去（8月27日）"；在"《圣经》学习会"上会受挫，"马可传，读起来很难。我现在头脑呆滞，真可怜（11月23日）"；当圣诞节的装饰工作进展不顺时，她感到迷茫，"我按照绿子说的，弄了圣诞节装饰，但做起来有点麻烦（秘密）（12月5日）"。对此，母亲如此写道，"昨天把绿子弄得有点生气了，我们之间的气氛有些紧张。我以及我的身体、头脑都不听使唤，我对此感到焦虑。反省（8月16日）"，抑或安慰自己，"很多事情都没办法好好完成，是年龄的关系吗？我觉得很难为情。真希望自己能和衰老和平共处。以后不要着急（12月6日）""蛰居。没有电话打进来，也没有电话打出去。我感觉自己要痴呆了（12月8日）"，她发出叹息。

这一年里，日常生活中的小错误变得难以弥补，只要一件事情遭遇挫败，之后的事情便接二连三地不顺，引起负面的连锁反应。而每一次，都让母亲失去自信。

7月16日

> 所有的事情都很被动。陷入被动的一天。歌没赶上交稿。我究竟会变成什么样子。一想到这里就不知道该如何是好。今天什么都没来得及做，非常郁闷。

11月5日

〈歌会的旅行途中〉在苏我站换乘的时候，把拐杖忘在了电车里，回车里取时，电车门关了。结果我一个人坐上了反方向的车。等回到大网站，山野、富山两人在那里等我。感谢。我慌慌张张的毛病仍然没改，很苦恼。

周围的人想必已经很清楚母亲的行为可能造成危险。11月5日的意外多亏了歌会伙伴的善意，母亲才得以化险为夷。

和金融机构打交道也变得越发困难，而且现在的母亲在失败后再也无法很好地进行补救。

4月12日

日本生命的保险费领取需要的材料我没有准备齐全，在电话里和对方讲不明白，我干脆直接去柜台办理。怎料保险证和钱包都忘记带了，白跑一趟。幸好我带了三菱银行的存折，能充当身份证明。柜台人员很体贴周到，想尽方法总算帮我备齐了材料。阿正的生日我想给买张贺卡送他，但没带钱。多亏身上有乘车券，成功坐上电车。

母亲多半是在填写领取期满的生命保险所需资料时遇到了困

难。她不习惯电话的自动提示,当她根据提示操作的时候,认知功能的轻微衰退却变成明显的行为差异。金融诈骗之所以经常借助于电话来实施,正是因为"电话"这种声音媒介可能会让认知功能的轻微衰退变成严重的认知混乱。将母亲从潜在危机中拯救出来的,恰恰是面对面为她办理手续的保险公司柜台人员。

5月,母亲弄丢了银行租赁保险箱钥匙,掀起一阵家庭风波。当时母亲仅凭自己的能力已经无法避免这样的问题。

> 5月25日
> 我一定是把钥匙放在家里的某个地方了……我感觉自己快疯了。不仅如此,昨天带着的写有No的纸也找不到了……想到自己会这么傻下去,我很害怕。

事情的经过是:周六,母亲发现保险柜的钥匙不见了。她没有告诉女儿,周六和周日都在家里寻找,周一去银行询问如何挂失,却在烦琐的手续面前拿不定主意,转而又回到家中继续寻找。周二和身兼家政工作的教会伙伴一起寻找,依然无果,终于放弃,跟女儿坦白。周三到银行冻结保险柜,悬在母亲心里的石头才终于落下。她感到身心俱疲。之后银行寄来新钥匙和新卡,但母亲已经不相信自己能够妥善保管了。去年,母亲也有过租赁保险柜操作不当的状况。她到了银行的租赁保险柜前,却不知道怎么打开自己的柜子，于是把钥匙交给身边的陌生人，请对方帮自己打开。去年7月8日，日记里记载着当母亲把此事告诉女儿后，受到了女儿的"责备"。

这一年的日记还表明母亲在另一个方面发生了明显的变化，那就是无法很好地使用机器。

> 8月15日
>
> 我必须想清楚如何才能一个人不陷入痴呆地活下去。新的电话机还不怎么会使用。不知道怎么发邮件，总是被说。有些难过。

> 12月23日
>
> 晚上，新的电冰箱送到了。
>
> 家里的电器都迎来了寿命时限，稍微出点故障就坏掉了。新的暖气、电话、微波炉、洗衣机、冰箱，我都很难习惯。我是头脑混乱的玲子。

母亲不再能熟练操作家里的生活电器。尤其是当她用习惯的机器坏掉，换成更为方便的新机器时，她无法很好地应对。不知道怎么用电话、传真、邮件，这不仅意味着不会使用机器，还大大限制了她的沟通渠道。不会用冰箱和洗衣机等家电，意味着作为家庭主妇的母亲做家务、养育孩子的能力下降，她对自己是一名主妇的自我身份认同遭到破坏。无论是在家里，还是在外参加社会活动，母亲的选择是舍弃掉那些让她感觉没有自信的事情，缩小自己的生活圈子。

我认为此时的母亲已经清楚地意识到自己患上了认知障碍。比如，7月11日的日记里，听闻交往密切的邻居夫人住院后，母亲的反应是"听说她老年痴呆很严重，住进了行德医院。这绝非旁人之事"；10月的时候，"早上收到在旭屋＜书店＞订购的有关老年痴呆的书。一本以修女为研究对象的译著（10月5日）""《明日之友》里刊登了老年痴呆方面的文章，仔细研读（10月10日）"，如此这般，母亲开始广泛阅读与认知障碍相关的书籍资料。

我们小的时候，每到年底，家里的厨房便成了母亲的专属舞台。接近年末的那段时间，母亲会把家里收拾得干干净净，门松高挂，年前的几天日子里，新年料理在厨房准备妥当，大晦日¹那天，料理进入佳境。等全家人吃完跨年荞麦面，一起围坐着观看红白歌会的时候，母亲依然穿着围裙，站在厨房里忙活。母亲将做好的菜肴放在盒子里叠上好几层，再放进没开暖气的房间，之后回到客厅。这便是新年料理准备结束的暗号。而这一年，母亲把制作新年料理的事情交给女儿，她在日记里写道，"我决定不再插手，而是做一些不碍事的活，换换毛巾、打扫房间（12月31日）"。当母亲看到女儿在厨房里奋战的背影，她心里在想

1　大晦日：12月31日，相当于中国的"除夕"。

些什么呢?

这一年的大晦日从早上开始下雨。听到天气预报说接下来会下雪,我取消了每年固定和家人一起吃完跨年荞麦面后再回家的计划。母亲在这一天写下的日记里,放弃了见儿子的希望,对过去的一年做了这样的总结:

> 12月31日
>
> (前略)外面下着雪,正彦不过来了。我不能勉强他。新的一年里,希望大家都身体健康。
>
> 今年国内国外都频频遭遇天灾。动荡不安的一年。到现在依然还有人生死未卜(印度、非洲、太平洋)。听说海啸的遇难者多达十二万人,其中有十四人是日本籍,很多人依然下落不明。新潟县的灾后重建终于有了眉目,现在又发生这样的惨剧。尽管人类犯下的许许多多行为都应受惩罚,但一想到遇难的人,我感到万分心痛。希望来年是一个安稳祥和的好年。我衷心祈祷。

2004年,苏门答腊岛沿海地区发生地震,随之引发的海啸造成惨重灾害。我是一个不孝的儿子。大晦日那天,雪并没有大到让电车停运,我却早早地取消了母亲满心期盼的家庭聚餐。每次我读到母亲这一天的日记,读到患上认知障碍的母亲竭力掩盖内心的失望，反而替我这个不孝子着想，我都感到怅然若失。

八十一岁（2005年）
"这一天终于到了吗？"

从去年开始，通过教会友人的介绍，家里请了一位家政人员定期来帮母亲做家务。这一年6月，对方因为家里的事情无法再继续做下去，中断了一段时间后，12月换了另外一位。这两位都不是通过长期护理保险[1]聘请的人员，所以她们不是按部就班地只完成既定的工作内容，而会时不时根据母亲的需求灵活应对，从打扫家里的卫生、买东西到偶尔陪同母亲去东京的医院看病。当母亲抱怨无聊的时候，两位也充当起母亲的聊天对象，很感激有她们的帮忙。母亲非常信任她们，那段时期，当母亲白天独自在家，内心深处感到不安的时候，是这两位家政人员支撑着她。当母亲一个人独处的时候，她开始感到一种茫然的不安。

4月1日（星期五）
　　昨天休息了一天，轻松了许多。这次看病身体的反应很大。心血管研究所寄来的资料很快就到

---

[1] 长期护理保险：以社会保险的方式为长期护理服务提供财源，由全体国民共同分摊长期护理风险，在民众失去自理能力，有长期照顾需要时，使其能获得基本的保险给付。

了。回电致谢。早上和北村打电话。跟幼儿园的伙伴们也说了住院的事情。小口寄来明信片。让大家担心了，很过意不去。可能从5月2日？开始住院。下次仲野陪我去医院看病。小智的入学典礼。预习明天《圣经》的内容。早上，在船整〈正骨理疗院〉接受治疗（很久没去了）。午休。

4月2日（星期六）

　　天气预报说今天很暖和，尽管没有下雨，天气却很冷。今天有"100周"的活动，早上准备好后出门。学习的内容我都能理解。大家热情的样子让我反而心生歉意。我整个人感觉轻飘飘的。回到家后人很累，躺下了。4月、5月要住院，事情很多。我要好好准备，一定不能搞错日期。总之要提前准备好才能放心。（早上给石川打电话，她说最近腰有点痛，走起路来很困难。大家都是因为上年纪了吗？）

4月3日（星期日）

　　罗马教皇[1]2号逝世。他是个伟大的人。伟人的

1　罗马教皇：指若望·保禄二世，罗马天主教第264任教皇。

去世总是深深地触及人心。今天教会有江部神父的欢迎会。江部神父年纪轻轻,给人感觉十分爽朗。他一个人工作一定很辛苦。神学生高木被分配到教会。下午绿子陪我去东武选衣服。买了春天穿的西装。很久没有穿过新衣服了。我想到自己已经这把"年记"[1],实在没必要添置新衣。但我需要努力振作起来,好好生活。晚上绿子做了天妇罗,很好吃。

4月4日(星期一)

早上特别冷。明天如一要来家中做客,今天得做准备。早上提前出门,去看牙医。调整假牙。结束后去正骨。回程路上去了一趟东武,买明天送如一的伴手礼,以及给田村女儿的慰问礼(明天托如一转交)。下午在家里看书,做了点杂七杂八的事情。池本打来电话。我们聊了一会儿。收到举办同学会的通知,但是我现在这样子能参加吗?必须开始写歌了。

---

[1] 年记:原文把"年龄"写成"年令"。此处为体现出母亲日记里的错别字,翻译故意写成"年记"。

4月5日（星期二）

今天在家等如一来。没想到他和妻子两人都来了。他们扫完墓后顺道一起过来的。给我带了水果蛋糕。〈妻子〉和子喜出望外。幸好我准备了三个铜锣烧（其中有一份原本是给绿子的）。如一说他们不在家吃午饭，于是我们一起喝茶聊天，结果聊了很长时间，早知道就把饭菜准备好了。夫妻二人去船桥拜访朋友后，要去八王子看望田村。我把给田村（女儿）的礼物交给如一。好久都没见到如一夫妻，真开心。明天要去医院。晚上M上了电视。

4月6日（星期三）

去东大医院。仲野这次陪我一起，10点从竞马场附近出发。上午办理手续和××〈字迹无法辨识〉。吃午饭。下午做心脏超声波和内科问诊。把之前心血管研究所的资料交给重松医生。2点，孩子的入学典礼结束后，佐智子赶了过来。仲野解放了。最后就是开车把我送回家。医院太大，把我弄得筋疲力尽。仲野参观完三四郎池[1]后便回家了。把庆祝小智开学的礼物交给佐智子。很早就睡了。

1　三四郎池：位于东京大学校区内，因作家夏目漱石的小说《三四郎》而闻名。

4月7日（星期四）

　　昨天的疲倦到今天仍然没有减轻，一天都处于无力状态（仲野帮我把干洗好的衣物送了回来）。姑且先交了两首和歌给西武那边。下午出门买牛奶和酸奶。总算是完成了一件事。回家后继续睡觉。一整天都懒懒散散的。虽然心里想着不能这么不修边幅，可完全提不起干劲，很恼火。今天就这样吧。希望今后的日子里能够慢慢恢复体力。明天有幼儿园伙伴们的聚会。教会要举办哀悼教皇的弥撒，但对我来说太累了。

　这一年刚开始不久的时候，母亲过着相对平稳的生活。虽然她的生活半径在一点一点地缩小，但她再次拾起水彩画的学习，在教会同伴的帮助下重新回到一度放弃的"《圣经》100周"活动。但是，5月她做完腹部大动脉肿瘤的手术后，体力衰减加上认知功能的退化使得母亲的生活发生了明显的变化。

　去年，母亲做胃癌手术时，发现腹部大动脉长了肿瘤。肿瘤已经长到必须采取措施的大小，因此这一年5月，母亲要去东京大学附属医院接受手术。从3月起，她开始去东大医院看病，为手术做准备。来家里帮忙的仲野、我的妹妹，还有弟弟的妻子佐智子轮流陪母亲到医院看病。尽管母亲承受着往返医院的劳顿，但她依然能从庭院角落里静静盛开的一朵花身上，感受到小小的喜悦。她在日记里写下对家人的关心，对向公司请假陪她去医院的妹妹的感激，然而，母亲仍然无法逃离日复一日累积在心中的不安。

> 4月13日
> 手术定在5月2日，住院在手术一周前。又要给大伙添麻烦了。我要好起来，振作起来。

母亲在4月25日住进了东京大学附属医院。手术前的一个星期，包括家庭成员在内，有很多人来医院看望母亲，她整个人显得比住院前还要有精神。母亲借着要住进东京大学附属医院的空闲，开始读夏目漱石的《三四郎》，27日的日记里写着她读完了这本书。29日，和原计划不同，她在外面住了一宿。

手术前一天的5月1日，她在日记里用了比平时多一倍的文字，记录下一天的经过。因为吃流食总感到饥饿，实习医生来打点滴，结果没弄好，只好请指导医师来处理，在这些客观事实的描述之后，她感叹"大学医院很有意思"。那天下午我和弟弟分别来看望母亲，谁带了什么东西来，从病房的冰箱里拿出点心来吃，日记里记录着这些愉快的细节，最后她在收尾处写道："希望明天可以平静地接受手术。我不紧张了，太好了。拜托绿子把写给和歌集的歌，还有桥本（喜典）老师读书会的作品邮寄给山川。"这个时候，母亲基本上能够正确地记下一天发生的事情，还有闲暇观察周围在发生什么。比起在家里一个人生活，住在病房，受到周围的人的关照，这让母亲的状态看起来更加稳定。

5月2日，母亲做了在腹部大动脉里植入sutento（扩张血管的医疗器具）的手术。去年2月做癌症手术时，母亲用和往常别无二致的笔墨书写着每天的日记，但这一年，从做手术的5月2日开始到6日，日记里除了简单记下来探病的人，几乎没有别的记载。5月7日才恢复到往常的篇幅。

> 5月7日
>
> M（m？）带了磁带过来，他走后我不知道该怎么用。暂时给别人保管。（略）无论如何，还在世的这些亲戚之间以后也要尽量好好相处。我的晚年人生很幸福，但也有人不是这样……

"M（m？）"不是正彦，就是绿子。可能母亲想不起来谁来了。当时，我父亲那边和母亲这边的亲戚在遗产继承的事情上发生了激烈的争执。出于这样的前提，母亲写下了这句话："无论如何，还在世的这些亲戚之间以后也要尽量好好相处。"

顺带一提，"M（m？）"的正确答案是M，也就是我。我在5月7日的日记里写着："吃完午饭后去东大。妈妈要从护士站隔壁的观察室回到之前住的单间病房。不用再打Div（点滴），她现在很精神，和5日的时候不一样。陪她从走廊一头走到另一头。傍晚时分离开。"我拿去的不是磁带,是"MD"。母亲不知道该怎么操作。2天前,我5日的日记里写着:"午饭过后,去东大看望妈妈。她依然有轻微的意识模糊,昼夜颠倒。"8日则记录着母亲打来电话说,收到了我送的母亲节康乃馨。

母亲在5月14日出院,她写道:"谢谢医生(重松××)和护士们。住院餐很美味,我还和佐田成了朋友。虽然肚子上的伤口还有些疼,但好在平安无事地出院了。感谢。阿正、阿阳、他俩的家人、绿子、所有人,真的非常感谢你们的照顾。谢谢。回到家真开心。"

这次手术后,母亲非常努力地想要回到以往的生活。5月17日,母亲八十一岁生日当天,她在术后第一次独自出门散步。5月20日,她为了准备和东京女子大学的同学们共同组织的古典文学学习小组"芦苇之会"的活动,购买了《平家物语》的教材。

然而,从此往后,参加外部活动对母亲而言变得越来越困难。在日记里可以见到这样的情况:出门参加短歌会,在去的路上就感到非常疲惫,只好折返回家;参加"《圣经》100周"的学习会,在活动过程中身体突然很不舒服;又或者是外出参加古典文学"芦苇之会",可因为准备得不充分而无法完成演讲,最后临时换人。在短歌会、学习会和古典文学小组里遇到必须陈述自己意见的时候,母亲很难跟上大家的讨论。母亲会提前好几天拼命准备,可一到活动当天,参加成员开始各自发表意见时,她的头脑随即陷入混乱，无法理清状况。这样的结果就是，母亲的身体出现不适，参加活动的次数越来越少。

7月24日

写歌从来没有这么困难。全都是些乏善可陈的排列组合，这么拼凑出了十首。虽然我觉得自己恐怕再也写不出歌，可如果连它也放弃，我的生命会变得更加空洞无味。我只能想尽办法，写出了十首投递。最后会有几首被选中呢？？？现在我用文字处理机打字的时候，很多操作都忘记了，很无奈，我感到很可悲。我会努力，为了逐渐重拾以前的生活，但是……

8月1日

阅读《白昼下的原野》特刊。画画和钢琴我都再也坚持不下去，不能连和歌的世界也扔掉，可我下不了决心。我要勤勉学习，保持清醒，活在当下。

9月30日

明天有"《圣经》100周"的活动。之前我都不太认真，所以今天比往常更加专注地学习，但读不太懂。"《圣经》100周"的学习对我而言难度太大。总之先好好努力。

12月10日

《今昔物语》的学习会。今年最后一次活动。我勉强参加了，可到我发言的时候，嗓子却发不出声音，只好让筱原中途代替我。回到家后非常累。成城[1]太远了。

漫长的岁月里，短歌、古典文学、天主教信仰是母亲心灵的寄托。透过文字我们可以看到，母亲为了继续坚持这些事情而竭尽全力的样子，但结果并非一帆风顺。她越是想努力，越是着急，头脑就越容易陷入空白，身体也发出悲鸣。当不同的人在说话的时候，母亲很难根据每个人说的话来灵活地调整自己的反应。几年前，母亲不论有什么事情，都会抽出时间参加青山学院和东京女子大学的同学会，可对现在的她而言，这些场合已经在很大程度上成为她的精神负担。

这一年有关认知功能衰退的记录一共有四十九处，和上一年的数量大致相同。这一年也有很多对做不了家务的感叹。家务做得不好，同样的东西买了又买，烧煳了锅，忘了开火，母亲因为

---

1 成城：东京世田谷区的一个地名。

健忘出现种种失误,承受着行动能力退化带来的折磨。

> 4月9日
>
> 傍晚,A打来电话,说现在在小岩,一会儿过来。我本打算晚饭将就着吃绿子剩下的奶油焗饭。这下糟了。慌忙之中我打算添一些量。结果搞错了,拿出意大利面来煮,全搞砸了。最近家里的事情我都在偷懒,结果脑袋和手都不好使了。A君还是吃了我做的意大利面黑暗料理。对不起,对不起,thank you so much。

我们小时候,奶油意大利面和欧式炖牛肉是母亲的拿手菜。面对弟弟的突然来访,母亲因为做成了"意大利面黑暗料理"而心情低落,但弟弟去看她,能够和儿子两人一起吃晚饭,我想母亲内心一定很快乐。"thank you so much"这句话流露出母亲内心的欢喜。做饭是一件需要多线程处理才能完成的事情。它并非单单靠记忆能力,还必须运用行为和处理问题的复杂能力。之前母亲不会使用电动缝纫机,也是因为这方面的能力退化。妹妹因为担心火源危险,换成了电磁炉灶台。但恰恰因为看不到明火,烹饪的过程需要人抽象地去理解,母亲没有办法熟练地使用。母亲住院的时候,不知道怎么用我寄到她病房的MD播放器,也是出于上述原因。

当母亲明白自己犯了错误时,她在日记里安慰自己"慌也没有办法,只能努力克服"。不小心买了太多厕纸时,为了不被女儿责备,她会把它们藏到"秘密的地方"。有时候把锅烧煳了,她"想到要被女儿骂,心里有点慌"。母亲坐立不安的样子跃然纸上。她不再拥有克服这些困难的精力,有些时候她干脆"缴械投降",比如某天"晚上就我一个人,怎么都行。买了巧克力面包回家当零食。(略)一个人真无聊。也没有人打来电话。酷热(9月15日)"。

这一年的日记里,她对自己一个人进行电车换乘、去医院窗口办事、在金融机构操作机器感到越发困难的记录也有所增多。

9月5日

在癌症中心做检查。很久没有去了,我误以为应该坐从东银座到筑地方向的电车,在车站拿不定主意。(坐到了东银座的下一站新桥)还好我很快反应过来。我现在变得糊里糊涂,很苦恼。虽然医院的柜台手续和前一次一样,我自己弄好了,但今天发生的事情连我自己都感到难以置信,很无语。

11月24日

去顺天堂的日子。急行电车在南砂町不停站,只好折返回去。我总是干出这样的傻事。医院的窗口手续和之前有点不一样,我有点不知所措。(略)很久没来这里,我忘了如何正确地办理手续,只能自费看病,真无语。算是个教训。疲惫不堪地回家。从船桥坐出租车。

12月21日
　　上午去银行办理事务,结果东西太多,让我大为震惊。我希望把事情都打理好,尽管花了五个小时,总算大致弄好了。

　　无法顺利地换乘,张皇失措之下好不容易抵达目的地。可接下来在面对金融机构、医院的电子化机械操作时再次感到手足无措。在银行办理手续时,最后是工作人员主动一对一地耐心帮母亲办理业务,问题才得以解决。没有办妥大学医院的手续,结果只能自费,在今天超老龄社会的日本,和当时母亲的情况相当的人有太多太多,这样的事情屡见不鲜。我们不能只追求机械化带来的合理性,也要努力保留一部分由人来进行应对的空间。
　　诸如丢东西、弄错时间的事情在母亲身上依然发生。她的日记中经常出现把拐杖、钱包、手包等物品忘在外面的记录。银行存折等重要物品放进了银行的保险箱,相关事宜交给女儿来打理,所以没有发生像去年那样的意外。弄错时间的事情包括:因为记错活动日期而没能够参加,搞错期待已久的"芦苇之会"的活动日，活动前一天跑去了成城，把自己弄得疲惫不堪，结果第二天没法参加活动。发生这样的事情后，"明明早上绿子劝我一天别跑三个地方，结果我还是勉强自己照着以前的节奏来，现在万分后悔。以后我要多多注意（1月19日）""我剩下的日子已经不多了，可还总是浪费时间（3月28日）""我不光生病，脑子也出了毛病，总是干些荒唐的事情，真是可悲极了。希望我能沉下心来，起码努力过上普通的正常生活（9月7日）""下午本打算去yorkmart，结果发现拐杖不见了。是不是昨天忘在电车里了？真烦人（2月3日）""<找到了丢失的东西>虽然心里的石头落下了，但怎么也没想到自己犯下这样的大错。挎包里全是贵重物品，上厕所的时候我竟然把它从身上取了下来。连我自己都觉得难以置信（11月21日）"，如此这般，随着母亲不断反省，她对自我的评价也逐渐降低。

另外，这一年的日记里，母亲对自身能力衰退的哀叹也值得关注。在四十九处有关认知功能衰退的记载中，有一半以上都带着母亲对自身能力衰退的哀叹。

6月14日

身体怎么都不见恢复……我感到焦虑、失望。是因为我做完手术后才过了一个半月吗？……我到哪里都妨碍别人，真可悲。脑子一片空白，我多么<u>盼望</u>〈下划线为本人所画〉至少大脑能够先得到恢复。

7月17日

　　这个夏天尤其要做好心理准备。整个人一点精神都没有。反而越发感知到自己认知能力和其他方面的退化，实在太过悲哀。加油也没有用，我仅祈盼能够平静地生活。

7月31日

　　没有力气做任何事情。浑浑噩噩地度过一天。真是没出息。不知是因为年纪大了，还是体力不济，或是我没有意志力，我自己搞不清楚，很苦恼。算了，别着急。

12月20日

　　我丧失了意志力，动不动就想躺着。我想保持不慌不忙的心态，但很难，很容易就遭遇失败。这一天终于到了吗？

　　很多时候母亲都深深地感叹着自己的无能，她在内心挣扎着、希冀着能够做出改变，可她逐渐丧失了抵抗的力量。

　　母亲害怕的"这一天"，是确定患有痴呆症的那一天。7月19日的日记里写道："去lalaport买香草茶的路上稍微走了一小会儿，我想最好还是别太勉强自己，后来一直宅在家。总是在想遗书的事情。又把M的书拿来读。""M的书"指的是我写的文春新书《关注父母的"痴呆"》。我在这本书中写了一位患有痴呆症的老年人从发病到去世的过程。母亲也许在对照着书中的表述，确认自己的症状，对自己进行自我诊断。

在缺乏安全感的日子里，幼儿园好友四人组的聚会，和女儿两个人的旅行以及和能够理解她的亲友单独交流是能让母亲感觉放松的时刻。

4月8日，她为了看幼儿园时期好友的画作而前往上野，四人一起吃饭，日记里写着"很开心"。我想这发小四人组也许是母亲最能毫无顾忌快乐相处的伙伴。就连这一年的下半年，母亲身体状况恶化的时候，日记里也开心地记录着和幼儿园好友的聚会。

> 10月12日
>
> 和幼儿园的朋友在东京站前集合。去皇居前面的广场吃自助餐。一个人1200日元，对老年人来说刚刚好。午饭没有吃肉之类的油腻食物，吃了一些轻食。吃过午饭后，我们坐在外面的凳子上，一边看喷泉一边闲聊。三点过后回家。可是我在电车里睡着了，结果坐到了津田沼。回家后又小睡了一会儿。

某个秋日，在皇居前的广场上，四位老太太并排坐在长凳上，在秋日的晴空下有说有笑。我光是想象这幅画面，心中就收获了莫大的慰藉。

我们家庭成员中，和母亲的心灵距离最近的要数同在一个屋檐下生活的女儿。如同日记里频繁出现"被骂了""女儿的表情很可怕"，母亲在日记里也同样频繁地写到对女儿的感谢。手术结束后，母亲和女儿两人去了箱根和小渊泽旅行。记录两次旅行的最后，母亲都对女儿表达了感谢。

6月24日

〈箱根之旅的最后一天。部分省略〉买了木片镶嵌工艺的砚台盒。湖泊景色很美。稍微有点累，身体总算恢复得差不多了。托绿子的福，我收获了一趟惊喜的奢华之旅。绿子这一路应该很操劳吧。感谢。

10月21日

〈小渊泽之旅的最后一天。部分省略〉回家后在家吃晚饭。真对不起绿子。我感到疲惫。绿子为了配合我，特意放慢了旅行的节奏。多亏了绿子，我度过了幸福的时光。

这一年里，来家里照顾母亲的仲野和另外一位家政人员也非常体贴，母亲很幸运。她变得很难适应多人的集体环境，与此同时，一个人独处的时间也越来越难以忍受。母亲因为记忆力衰退、定向认知障碍而不断地遭遇失败，当她一个人独处时，便会对是不是忘记了东西，或者是什么事情该怎么做感到不安。两位家政人员很自然地陪伴在母亲身边，偶尔还会在约定好的工作日之外来家里看望母亲。

接着问题来了。身为痴呆症专家、精神外科医生以及长男的我当时在想些什么呢？在我2005年一整年的日记里，和母亲有关的记述只有寥寥几笔。大多数都是像"妈妈打来电话"这样一笔带过。有内容的记载仅有两次。

7月13日
（前略）午饭过后，带着黏土人偶去船桥。妈妈总是在抱怨，小绿毫无办法。

难道妈妈得了抑郁症？还是得了认知障碍？她本来就是那样性格的人。但为了小绿，我要想想办法。回程路上，市川车站发生5级地震。JR¹暂停。同学会要迟到了。在帝国酒店庆祝东大毕业二十五周年。

---

1 JR：日本铁路公司，前身为日本国有铁道。

9月18日

（前略）吃完午饭后，做栗子饭。今年第一次剥栗子。给素子也送了一些，顺路去船桥。和小绿、妈妈四个人吃栗子饭……妈妈最近经常忘事，我感觉绿子很焦虑。妈妈一开口就在抱怨。9点，回家。路上堵车。

如果在那个时候，担心母亲的女儿和一口咬定母亲"本来就是这样性格的人"的我带着她到我的诊疗室做诊断，我一定会毫不犹豫地在病历上这样写：

八十一岁女性。仪表整洁。能够理解问题并做出合理的回答。对新事物的记忆力低下。定向能力低下。有轻度且明显的行为能力低下。ADL[1]为自立，能自主完成最低限度的社会生活活动。有阿尔茨海默病发病的可能。如果是维持现状的话可能是MCI。同居的女儿进行了症状描述，大致都正确。居住在别处的长男不愿正视现实，不承认患者生病。

1　ADL：Activities of Daily Living（日常生活活动能力）的缩写，指一个人为了满足日常生活的需要每天所进行的必要活动，其中又分为起床、吃饭、更衣、排泄等基本日常生活能力评定（Basic ADL）和做饭、洗衣服、购物、财务管理等工具性日常生活能力评定（Instrumental ADL）。

当时，因为认知障碍来问诊的病人几乎都是需要护理才能完成进食、排泄、沐浴、更衣等活动，而母亲不仅生活能自理，连做饭和打扫浴室都能完成。所以，她的症状比其他来看病的患者要轻很多。MCI指的是轻度认知障碍，即患者虽伴有健忘的症状，但整体保持着正常的认知能力，也能够独立行事。当然，其中有的人逐渐演变成阿尔茨海默病，也有的人长此以往并未出现病变，和身边其他人一样，停留在老龄变化的症状。

通常的情况是，当在身边照顾生活的人注意到患者出现认知功能衰退时，没有直接参与照顾的家属，不论是否和患者生活在一起，经常会否定老人身上出现的变化。尽管我在自己的工作中见证了太多类似的情况，但一到自己的母亲，我也犯了同样的错误。

我在日记里写道："难道妈妈得了抑郁症？还是得了认知障碍？她本来就是那样性格的人。"我作为专业医师，心里却惧怕母亲患上痴呆症，我选择逃避现实。我的心理和母亲写下"只要振作起来一定会有办法，我这个人本来就毛手毛脚的"时的思维方式如出一辙。

我在日记里反复提到的来自母亲的抱怨，其实是她的求救信号。我的耳朵和心灵却把母亲发自内心的呼喊挡在门外。这一年的最后，母亲如此总结：

12月31日

风和日丽的大晴天。我睡过头了，被绿子叫

醒。大晦日终于到了。这次我负责制作新年料理里的小沙丁鱼干。糖熬得不错。绿子干劲十足，在准备很多菜肴。我没有力气弄，全部都交给她。接力棒已经交到她的手中，年末这天也很清闲。傍晚正彦过来，在这里好好放松一下。和往年一样，他来吃过年的荞麦面，带来和果子作为礼物，喝完咖啡后回去了。他看到我把圣诞节人偶〈我用纸质黏土做的〉摆出来，很开心。还好我没有把它们收起来。我这个人有很多缺点，但三个孩子（以及他们的伴侣和孩子）都心地善良，品行良好，真是不胜感激。我只希望他们能够在平和的、正确的人生道路上越走越远。祈祷新的一年安稳祥和！！！

　　Deo Gracias.[1]

八十二岁（2006年）
我是不是就要彻底痴呆了
"振作起来！玲子！"

　　八十二岁，母亲的认知能力衰退已是无可藏匿的事实。这一年的日记是她直面现实和最后抗争的记录。尽管每个月的外出频

---

[1] Deo Gracias：西班牙语。意为感谢上帝。

率超过二十次,但外出地点常是医疗机构,尤其12月,近乎一半的外出目的地都是医疗机构。我们仅仅看四月第一周的日记内容,也能如实地看到母亲认知能力的衰退和生活质量的下降。

4月1日(星期六)

今天早上睡了一个懒觉。上午和绿子去看牙医,买东西。短歌也交了,我可以安心地在家里看电视、洗衣服。下午绿子带我去看樱花。沿河的路变成了赏樱的绝佳路线,人不多,我们可以静静地观赏。自从搬到船桥后,我们很少赏樱。迄今为止几乎没有好好看过,所以我今天很开心,度过了充实的一天。感恩。

4月2日(星期日)

今天加山休息,我和绿子两个人去教会。我有些累,提前回家了。绿子是领唱(辛苦了)。下午我在家休息的时候,绿子提议说带我去赏花,我特别开心。我恢复精神,坐上车。穿过河流,在河堤上散步,这是第一次?河流不大,但周围很安静,很有日常的感觉。河岸边人不多,有人坐在河堤上吃便当。我沿着河岸边的土堤往上走,找到一个合适的地方上岸回家。今天赏花很开心。晚上给很久没联系的冈田打电话。

4月3日（星期一）
　　去谷津医院（家附近的医院）拍x光。

4月4日（星期二）
　　Yoe邀请我一同去箱根旅行，但我最近因为身体不好而回绝了他，真是抱歉。他说和Jonko两人扫完墓后会来家里，于是我做了白菜猪肉卷，我们一起吃了午饭。Jonko很久没来家中做客了，今天见到他真开心。我给恒子准备了佃煮，也分给了Yoe和Jonko，当作我的道歉（？）。能一起悠闲地吃午饭，我觉得很快乐。Yoe和Jonko吃完饭后，在回去的路上去了田村那里。我没有去，听说田村恢复得很好。Yoe打来电话。

4月5日（星期三）
　　很冷。我本来打算今天去西武（新学期）学习，犹豫不决时天气变差，时间也过了，我中途打消了念头，折返回家。一点精神也没有，很苦恼。回家后又开始睡觉。身子骨不结实了，投降。

4月6日（星期四）

　　好久不见的仲野今天来到家里，我松了一口气。他说妻子的状况不是很好，希望下个月开始换成别人。虽然我不想太依赖别人，但那样的话绿子就太可怜了。我决定再拜托一次家政妇协会。

4月7日（星期五）

　　今天暖和了一些。去西武〈百货〉挑衣服。狠下心买了一套轻薄的西装。我不在家的时候生协超市的人来了，错过了订货的时机。打电话订购。身体不舒服，很多事情都做不好，很郁闷。争取明天能去参加同学会，拜访原泽。土笔会的成员今天去赏花。可惜天公不作美。

　　母亲在4月1日和2日的日记里重复提到和女儿去赏花。这次赏花应该发生在1日，但是2日的日记里记录得更加详细生动。这段时间母亲的日记里有好几处都让人难以判断究竟是什么时候写下的。类似的事情在这一年发生了多次。3日的日记几乎是空白。这也是这一年日记的突出特点。即使没有因住院、旅行等事情造成疲劳，日记中也出现了记录几乎为零的日子，又或者是篇幅只有平常的三分之一到二分之一。这种情况的天数有所增加。尽管在四月第一周的日记里没有出现，但在这一年的日记表述中，根据上下文推断本应该写有专有名词的地方却多次留下空白。可见，从 2006 年以后，母亲的日记逐渐丧失了记录的功能。表 3 展示了日记中记录内容为空白的天数变化。

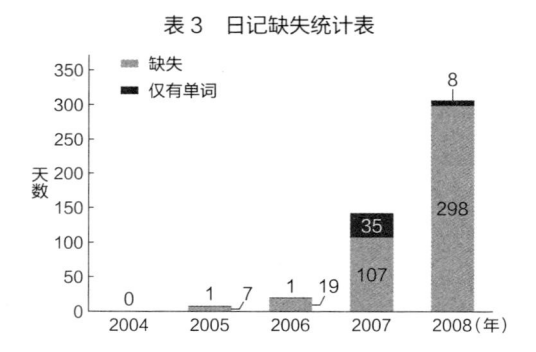

表 3　日记缺失统计表

年份	缺失	仅有单词
2004	0	
2005	7	1
2006	19	1
2007	107	35
2008	298	8

这一年还出现了另外一个特征：临时取消活动，或者当天出门后中途折返的情况更加频繁。4 月 6 日的日记里记载了仲野先生出于家庭的原因无法继续来帮忙。仲野先生不仅帮忙家务，还会关照母亲不安的情绪，如同亲人一般对她进行悉心照料。仲野先生的离开，让母亲遭受了重大打击。

由记忆障碍、定向能力障碍、行为能力障碍这三种基础认知功能障碍所导致的问题越来越严重。2 月 3 日的日记里记载了这一年的代表性事件。另外，前文提到的仲野先生是家人通过教会朋友找到的，后来我们通过家政妇协会没能再找到这么优秀的人。

2月3日

　　早上有点事情,出门去yorkmart超市。在家里等生协的配送,结果怎么也没想到送来了五箱。搬得很累。去lalaport买节分[1]用的豆子。今天一天我都像个傻子似的。原本打算做节分吃的寿司卷,结果搞错了步骤。不想重新来,干脆做土豆牛肉。我想暂时放松一下大脑。很庆幸明天的"《圣经》100周"取消了。

　　母亲一定是忘记了已经跟生协订购了东西,导致反复下单。看到送来那么多东西,她一定吓坏了吧。由于记忆力障碍造成的类似失误在这一年里变得更多。

　　去年有一次她本来想做焗饭,结果把意大利面拿来煮了。这次做寿司卷和土豆炖肉的情况虽然和上次看起来很像,但实际情况是,母亲在做寿司卷的过程中头脑陷入混乱,只好改变计划,做她非常熟练的土豆炖牛肉来当晚饭。身为儿子的我心里庆幸着还好她成功做出来了,但站在母亲的角度,她在以往的人生里从未在做饭这件事上感到费力,这些小小的失败如同一次次击中身体的重拳,一遍又一遍地加深了伤害。

---

[1] 节分:在日本,过去指各季节的分际,即立春、立夏、立秋、立冬的前一天,现今通常指立春的前一天。节分这一天的主要仪式是撒豆子,有驱邪除瘟之寓意。人们还会吃用海苔包起醋饭、蔬菜和鸡蛋等多样食材的寿司饭"惠方卷"。

"很庆幸明天的'《圣经》100周'取消了",仅仅从这一句话,也能感受到当时母亲心里的忧虑。天主教信仰和相关的学习是母亲一生中的心灵支柱,但到这个时期,它们成了她肩膀上沉重的负担。认知功能出现衰退使得阅读变得很吃力,如同前文中提到的,2001年,母亲没办法跟上"《圣经》100周"的学习活动,于是主动申请退出。尽管如此,她忘记了有过此事,之后依然断断续续地参加学习会的活动。天主教会的成员们并未就此和母亲拉开距离,而是依然把她视为同伴,接受她的存在。对他们的善良与宽厚,我不胜感激。

记忆障碍和定向认知障碍所造成的失败越来越多,带来的后果也越发严重,这让母亲在日常生活中变得忧心忡忡,身心疲惫。出门去参加学习会,结果搞错了日子,忘记了自己该负责的部分,这样的事情反复发生,让母亲变得消极和封闭。在和东京女子大学的同学一起组织的古典文学读书会上,她也再三遭遇失败。"我记成了是从我开始的,以为我的部分已经结束了。我急匆匆冲过来,结果没带书。多亏了有大家的帮忙,我才能完成我的部分(?)(4月17日)""我记错轮读的顺序,没有做准备,太丢人了(10月9日)"。母亲之所以能一直坚持参加读书会,要感谢她同学们的好意,对于母亲来说,参加这个小组等于和自己学生时代的朋友们保持着友谊。不能在小组里发挥作用,也就意味着自己失去了这份友谊关系。

她出门去参加"《圣经》100周"的学习会,到了之后却发现会场里空无一人。尽管如此，母亲依然没想起来其实不久之前，学习会已经结束，她还参加了结束后的庆祝会。2月13日，她在"别的地方"发现了一本不应该在此出现的同人杂志，却想不起来这本杂志出现在这里是因为明明自己已经收到了杂志，却联系出版方说"还没有收到"，又让对方寄一本过来。母亲的健忘症已经出现明显恶化的趋势。

这一年，和记忆障碍有关的是，母亲不再能够立刻想起专有名词和普通名词，日记本里出现越来越多的空白。

4月18日
　　下午我本打算去看望（　　　　），可半路打了退堂鼓，转身往回走。今天天气暖和一点，但我没什么力气。

4月22日
　　傍晚（　　　　）（夫妻二人）来家里做客。他们似乎想跟正彦请教一些事情，于是在"《圣经》读书会"结束后来了家里。他们和M聊了差不多一个小时。傍晚，我和正彦的两人晚餐吃得很愉快。正彦待到晚上8点左右回家。我的孩子们性格温和，真好。我心怀感恩（发自肺腑）。

9月3日

　　9月有正阳兄的忌日,于是我前往尼古拉教堂。(　　　)(　　　)都来了。姐妹俩一直关系很好,感恩。

10月28日

　　绿子今天要参加茶会。她穿了和服出门,但是忘记带伞。今天报纸上的天气预报写着要下雨,我追出门去给她送伞。结果绊倒在路边,摔了一跤,太傻了。(　　　)夫妻二人帮忙把我送回家。到家后躺着。

10月28日,关系很好的邻居夫妻帮忙把摔倒的母亲送回了家。但她却想不起来这对夫妻的名字。母亲明显察觉到自己记忆力的衰退。在2月9日日记的最后,她这样记录着:"最近不知是不是因为年纪大了,经常想不起来人的名字,弄得日记也写不好。"

做饭失败的次数越来越多。与此同时,以往用着顺手的机器,现在操作起来却变得很困难。1月,母亲常年使用的文字处理机出现故障,妹妹特意找到市面上已经停售的、和母亲习惯使用的处理机同型号的新机,为母亲买回家。可万万没想到,面对和以前一样操作的机器,母亲竟然进行了一番苦战。

1月29日

> 今天必须写歌了,我想静下来好好想,可总有这样那样要做的事情(?),没办法好好创作。绿子为我买了新的文字处理机,但我总操作不好,把机器弄卡住了。完全搞不明白。我想冷静下来,很多事情一下子都变了,我不知道该怎么办。

到最后,母亲也没能学会熟练地使用这台新的文字处理机。它成了闲置物品。按照这个推断,之前那台旧的机器是不是真的坏了,也很令人怀疑。也许之前的机器是因为母亲忘记如何操作而无法正常运转,她却以为是机器坏了,送去厂家修理。厂家也没有认真对待这台好几年前就已经停卖的机器。对此一无所知的妹妹,为了照顾到母亲退化的认知能力,辛辛苦苦四处搜寻同款机器,好不容易买回家后母亲却不会操作。可能这才是事情的真相。每当她在日记里记录下自己不会使用机器,总是伴随着这样的感慨:"想哭""把机器弄卡住了,完全搞不明白""很多事情一下子都变了,我不知道该怎么办""不知道为什么脑子和心里都一团乱麻,可悲""光是犯蠢"。这些小小的错误,让母亲本来已经降低的自我评价变得更低。

这一年,在银行办理电子化手续对母亲而言成了一件近乎不可能完成的事情。

8月8日

绿子（请假）陪我一起去三菱取钱。这些手续麻烦得让我受不了。但我不能完全依靠别人。

8月9日

绿子今天请假陪我去三菱办手续。医保的期限过了，必须改变计划，节省开支。谁叫我活得比预想的要久。原本希望来三菱能够多处理一点事情，但我整个人恍恍惚惚的，事情只弄到一半。难得今天绿子陪我一起来。我感觉自己已经完全傻了，我很害怕。

8月8日和9日重复记载着同一件事。其中，对妹妹的感谢和"这些手续麻烦得让我受不了""我感觉自己已经完全傻了，我很害怕"所体现出的低自我评价一并出现。这一年里，还好有既知晓母亲的需要，同时也懂如何使用机器的女儿陪伴在母亲身边。老龄社会的建设，靠的不是数字信息技术，而是看起来效率不高，切实建立在人与人信赖关系之上的面对面交流。数字技术在输入和输出之间的过程是不可视的，不仅对老年人，对任何有认知功能障碍的人都有着很高的门槛。现在被称为网络世代的年轻人到五十年之后，也会面临今天的老年人所面临的高墙。行政、金融机构的办事手续、公共交通的电子化降低了运营成本，大大方便了能够利用这些服务的人群，这是客观的事实。但是，电子化也加剧了有认知功能障碍的人在生活中的不便。

回到母亲的生活。这段时期，不仅是银行手续，管理家庭日常开支对母亲来说也越来越困难。

> 10月7日
>
> 绿子答应帮我看记账本，于是我俩一起检查。她把家里所有的存折都拿出来。我现在已经没法再管理家庭开支，只好让绿子帮忙。否则万一发生了什么，难以挽救。

母亲年轻的时候很喜欢用妇人之友出版社的家庭记账本。等我们到了可以赚零花钱的年纪，母亲给了我们每人一本这家出版社的零钱记账本，每到年末，母亲都会换新的家庭记账本和我们的零钱记账本。父亲去世后，母亲改成使用妇人之友出版社的"老年生活家庭记账本"。2004年以前，她都坚持在记账本里记录收支，家里没有找到2005年的记账本，而2006年这一年，她用的是别家的记账本，也许是忘记从妇人之友出版社订购。和2004年的记载内容相比，2006年记账本里记录的支出明细非常少，大概有很多时候母亲都忘记记下来了。2007年，她又换回了妇人之友出版社的"老年生活家庭记账本"，但本子里几乎什么都没有写。

另外，每个月向短歌杂志投稿对母亲而言终于变得不堪重负。母亲以往每个月投递十首短歌，几乎每一首都刊载在同人杂志《白昼下的原野》上。但这一年的3月只刊登了七首，5月只有六首。我想，其中的原因不仅是短歌创作对母亲而言越来越困难，还有她的歌所收获的评价也越来越低。然而，如同母亲在艰难中依然坚持参加"《圣经》100周"学习，她用尽全力继续着短歌的创作。

1月30日

写不出歌，去海边的公园散步。除了有两三个人在遛狗之外，公园很安静。但我的脑子仍一片空白。不过我还是坐下来看了一会儿海，然后回家。为什么我没办法静下心来，真郁闷。脑袋昏昏沉沉的，新的文字处理机也还没有用习惯。真想轻轻松松地休息。

6月29日

终于把短歌交了。我很担心自己之后写不出来，不，必须写出来……不知道我这一辈子到底做了些什么事。我深切地感受到，就算只是一个平庸的人，也要用自己的方式珍惜余生。

11月29日
　　把昨天写好的短歌寄给《白昼下的原野》杂志。虽然写歌也不像之前那样进展顺利，但如果连它都放弃，我的灵魂将变得一片空白。加油。

　　母亲将写不出歌归结于自己心灵枯竭和感情麻木，她时而激励自己努力，时而发出再也坚持不下去的悲痛叹息。母亲真的感情变得麻木，心灵走向枯竭了吗？她写不出短歌的真实原因，除了感情变得迟钝之外，还有就是她不能再像过去那样，在头脑中随心所欲地操纵语言。母亲为了获得短歌创作的灵感，在寒冷的冬天前往海滨公园。她一个人眺望大海的时候在想什么呢？
　　这段时期，母亲各方面的能力都出现了明显退化。她察觉到自己的变化，心里想着必须做些什么，她尝试着抵抗。

8月6日
　　下午在家里什么也没做也就过了。我不能这么颓废下去。我决定今天是颓废的最后一天。从明天开始我要打起精神。振作起来！玲子！

　　母亲想靠自己的力量改变现状，她努力地挣扎，而后受挫；她尽力地尝试，而后精疲力竭。在这一年里，"加油"听起来像是一声空洞的回响。丈夫溘然长逝，空旷的家里只剩下母亲和女儿两人相互依偎。每每想到夜晚母亲独自伏案，在日记本上写下"加油！玲子！"，而后静默地合起本子，吟唱睡前的祷告，我心里的滋味总是难以言表。

然而，这一年里最突出的并非上文所说的让自己鼓起干劲的话语，而是类似"我已经不行了"这样无力的哀叹。

> 7月18日
> 　　下午懒懒散散地度过。虽然我知道不能这样，但感觉浑身无力。祈祷我的痴呆别再更严重！半夜醒了后无法入睡。从1点到大概4点，心里一直很慌乱。

> 7月30日
> 　　我终于有自己还活着的感觉，今天一直在睡觉……我是不是会一直这样傻下去？情况很不妙。

从几年前开始，母亲在日记里就提到自己参加集体活动时越来越力不从心，这一年里则更加明显，母亲对参与这类活动已经感到非常吃力。母亲的日记里经常出现的另一类记录是，本打算外出去一个地方，但半路却折返回家。

> 11月17日
> 下午，我在家准备去土笔会，可外面突然刮起大风，让我打起了退堂鼓。短歌我也没有交，好像只带上写好的两首去参加也没什么意思。我没走到车站就掉头回家了。

当然，我想母亲折返回家的一大原因是她的体力已经出现明显的衰退。从母亲写下的字句来看，在出发前，她担心自己在活动上的表现，心情变得消沉。

母亲变得很难融入以往和自己关系密切的团体，与此同时，她也越发感受到独处时的痛苦。她在家时很容易睡着，也许是因为独处让她感到不安和惶恐。

> 7月16日
> 早上和往常一样醒了之后，感觉身体不舒服，我决定今天不去做弥撒。接着睡。最近不知怎么回事，脑子迷迷糊糊的，话也很少。是我心理承受力不好，还是因为年龄呢？（略）电视看着也觉得没意思，但也不能光埋头看书。必须认真地想一想之后应该怎么打发时间。

多年以来一直参加的兴趣小组不常去了，与旧友的联系也变得越来越少，一个人的时间也越来越难以忍受，这让母亲频繁地开始考虑自己之后的安排。

7月23日

我这个样子，什么时候不在了也说不定。实在不想成为绿子的负担。要不搬出去吧？我决定找找有没有合适的养老院。

最终等一年过完，母亲也没能下定决心搬去养老院住。事实上，母亲已经不具备判断的能力，而我应该替她做出决定。但当时的我总是不愿意面对现实，回避着母亲的问题，迟迟不肯做决定。母亲当时也许或多或少对我回避的心态也有所察觉。

10月9日

晚上，阿正来看我，我很开心。虽然我想和他商量自己之后的事情，但又心想不能太操之过急。如果我不让自己先振作起来的话，之后会很麻烦。今天什么也没提。

12月10日

阿正今天来家里过夜。我本想当面问问他今后的打算，可时间一晃眼就过去了。我想说的大概是

> 让孩子们不要勉强自己来照顾我,因为我不想变成女儿的束缚……有可靠的儿子和女儿陪在身边,我很幸福,但我必须好好珍重自己。

这段时间,母亲经常说"想住进东京的养老院"。但当我们问起她原因的时候,她只是说回到老家能见到朋友,听起来不得要领。八十二岁的母亲的身体和精神都明显更加衰弱。不论是在短歌会还是在教会里面,母亲这个年龄段的人群的身影都在逐渐消失,就算真的去了东京,她所期待的和旧友的交往也不会再度复燃。对母亲而言,"东京"不过是一个逃避现在的孤独与不安,能够和旧友共度时光的空想的"心灵桃源"。在母亲的这个话题面前,我变得越来越不耐烦,整个人都飘散出不想听的情绪。面对这样的儿子,母亲一定连心里话的一半都说不出来吧。我紧闭着自己的心门,用回避的态度应付母亲被逼至绝路的痛苦,"有可靠的儿子和女儿陪在身边,我很幸福",母亲的这句话更像是她给自己的咒语,来安抚内心对我产生的愤怒。

母亲不论是独处还是置身于人群之中,都变得没有安全感,只有和亲密友人两人共处的时候,她才能收获心灵的宁静。

1月17日

> 仲野来看我。我们一起喝茶。他的到来让我心情舒畅。一整天都一个人待着的话难免会感觉孤

单。可我不能总害怕孤单,否则之后可该怎么办。一定要克服它。

11月5日
　　青山来家里做客。这意外的到访让我特别开心。今天绿子也在家,三人一起谈天说地。好久没有这么开心了。

虽然仲野不能继续来家里照顾母亲,但依然很关心她的情况,偶尔会来家里看望。青山是我还小的时候,在父亲的牙科诊所工作的护士,她一直和我们保持着亲人般的情谊。

在12月里,母亲一共去了家附近新开业的理疗按摩院十二次。多的时候,一天要去做两次按摩。母亲会去这家理疗按摩院,不仅是因为年轻医师们可以充当她的聊天对象,帮助她疏解心里的不安和精神上的孤独,更是因为在做身体按摩的过程中,就算对话戛然而止,也不用有顾虑,全身心去感受按摩的过程就够了。对母亲来说,这里是一个不需要劳神费心的场所。

另外,母亲在身体和精神上都更加依赖同住的女儿。母亲在这一年有两次外出旅行。第一次是从5月19日至21日,在女儿的陪伴下,母亲和住在九州的姐姐的家人会合去了高知县。在高知,母亲参拜了据传是她的家族始祖的大高坂松王丸的纪念碑和祭祀松王丸的松熊神社。曾为后醍醐天皇忠臣的大高坂松王丸被流放的土佐¹之地，对于年幼痛失双亲的母亲来说是心灵故乡般的存在。母亲如此总结这次旅行："我很开心能够回到心之所念的故乡，并且能和九州的亲人们相见。"然而，回到家后，在21日的日记最后，她却这么写道："非常感谢绿子一直到旅行结束都在照顾我。多亏了有她在，我在旅行中才减少了很多疲惫，能一直保持精力。我深刻地感觉到体力大不如前。"

第二次旅行是从10月16日到17日，和女儿两人在日光²的赏红叶之旅。母亲在日记里透露，上一次去奥日光还是她在青山学院高等女学部读二年级的时候。虽然不确定这是否属实，但母亲的日记里出现了好几处将这次两日一晚的旅行和青山学生时代的旅行进行对比的表述。不知是不是这次旅行只是她和女儿两个人的缘故，她感觉比之前的高知旅行要轻松一些。在动身前的10月15日，母亲在日记中这样写道：

> 10月15日
>
> 我终于到了头脑空白的时候，真可悲。我只能一天又一天地傻下去吗……下午，绿子陪我一起去买东西，在东武〈百货店〉买了一件白色的衬衫。尽管今天是绿子的休息日，她却一整天都在厨

1　土佐：日本古代的令制国之一，领域即现在的高知县。
2　日光：日本关东地区北部国际游览城。日光分为日光山内区、奥日光区和日光汤元温泉区3个游览区。

房做东西。为了让我不开火也能吃饭,她在做很多准备。我很感谢她为我着想。也谢谢她帮我做明天的准备。今后我还能出去旅行吗?我控制不住地担心自己今后的身体和其他方面。这次旅行的钱是正彦出的。大家都在为我好,可我却这么不中用,真是惭愧。希望我至少能努力成为一个可爱、性情温和的老太婆。明天就要去兜风,真棒!

10月17日

  红叶绝景,第一次在这个季节旅行,中大奖了。一路上都靠绿子的照顾。一想到以后再也不能这样精神地去旅行,心里就滋味万千。绿子一路上都要照顾我,除此之外她还要开车,我想她一定很累。莫大的感谢。

我想,母女二人相处的时光是母亲最能放松的时刻。女儿也在工作的间隙,为了让母亲开心,试着带她外出游玩。

5月14日

  去听绿子的同事参加演奏的音乐会,久违的音乐会,很开心。中午对方请客吃了鳗鱼饭。母亲之日万岁!正彦、阳彦打来电话。大家都很关心我,心里万分感激。

8月5日

和绿子一起去习志野文化厅听音乐会。相隔许久的音乐会，很开心。（中略）能和绿子一起悠闲地度过时光，我感到很欣慰。

12月23日

绿子带我去听"圣诞音乐会"。真开心。虽然是小规模演奏，但最近我正好想听音乐会，绿子的体贴入微太让我感动。大家这么关心我，我很幸福。我希望能在自己死之前回报大家。我祈祷着自己离开后，兄妹三人能够过上和睦、安稳的生活。

虽然母亲在文字中写到很享受和女儿两人外出的时光，但在这个时期，也许母亲最喜欢的其实是和女儿两人在家中度过的闲散时光。母亲已经不像过去那样能够全身心地沉浸于外面世界的精彩，她变得很难适应家外部的环境。每逢出远门，她一定会身心疲惫，每当置身于人群中，她又会担心自己是不是会犯下什么错误。

6月3日

　　绿子今天休息，看到她哪里也没去，我松了一口气。一整天在一起。

8月5日

　　能和绿子在一起悠闲地度过时光，我感到很欣慰。

8月26日

　　今天没什么精神，但有绿子陪我，我能放下心来。（中略）我衷心地祈祷今后她能够幸福。

这段日子，在母女二人的时光之外，能够带给母亲内心安宁的，还有缄默不语的植物。

4月23日

　　庭院里棚架上的紫藤花开了。（　　　　）还开了很多白色的花。家里的院子在这个季节最赏心悦目。水仙、小苍兰、杜鹃花、金雀花，还有雪柳、麻叶绣线菊、木瓜、连翘、四照花、三色堇等相继盛开，比什么都幸福。

11月26日的日记横线外空白处写着一首短歌:"不知何时夹缝生,窗下鸡冠,赤如红朱砂。"这首歌歌咏的场景是某天母亲开窗时,看到窗户下面仅有的一点空间竟长出鸡冠花,鸡冠花开出强劲有力的红色花朵。我真想对母亲说,还不该舍弃写歌。但当我读到这首歌的时候,母亲早已离开。

从这一年的圣诞节到年末最后一天,母亲的日记内容并不像往年那般丰富。

12月29日

绿子从今天开始放假。我去做按摩。身体不太舒服,下午又做了一次。慢慢休养。绿子开始做炖菜。玲子负责装饰门松、供奉的年糕、壁龛的挂轴、花,等等。两个人都去做按摩。绿子忙于准备食物,煮豆子差不多做好了。Thank you very very much.

12月30日

早上××(无法辨认)绿开始放假,比平时要晚一点起床。早上去诊疗〈理疗按摩〉。绿子开始做炖菜。我在旁边做煮沙丁鱼干,和往年一样。准备好挂轴和门松,满意。今年一整年我的身体状态不太好,家里所有的事情都是绿子来做。好在她喜欢收拾家,感谢她铆足干劲来照顾我。

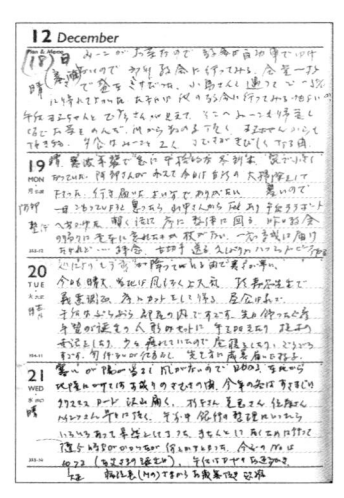

2005年的日记

这两天的日记里重复地写到同一件事，句子之间也缺乏条理。2005年及之前，母亲都会在12月31日的日记里写下过去一年的感想以及新年的抱负，而这一年，这一栏里什么也没有写。

八十三岁（2007年）
"我好像傻了……我傻了！！"

母亲在八十三岁这一年写下的日记，记录功能越发丧失，空白的天数变得更多。2006年的日记里一共有二十天几乎没有记录，到了2007年，完全空白的天数猛增到一百零七天，另外有相当于八天记载量的纸页被撕下来扔掉，有三十五天的日记里只有一两个单词，甚至连不成句子，这些加起来一共有一百五十天。外出目的地里有一半都是医疗机构、理疗按摩、教会。来访者几乎都是护理相关人员和包括我在内的亲人。

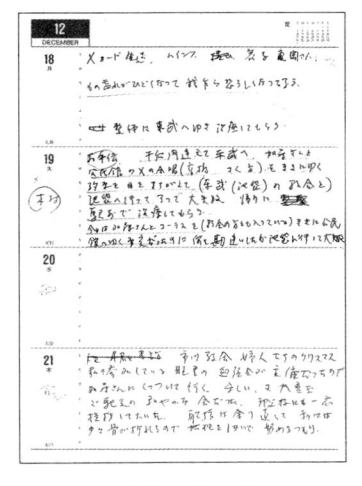

2006 年的日记　　　　　　2007 年的日记

4月1日（星期日）

　　参加新神父主持的弥撒。弥撒结束后是庆祝的餐会。回家后筋疲力尽。睡觉。绿子去参加友人父亲的葬礼。下午一个人在家，醒了又睡，睡了又醒。短歌姑且交上去了，暂时可以放松。晚上电视节目里有关于天使报喜[1]的内容，我很想看，但是身体有些难受。

4月2日（星期一）

休养。

4月3日（星期二）

倒春寒，整个人没精神。勉强去家附近做个按摩。在那个地方或多或少还可以闲谈说笑，总比一个人待着要舒服。加山转到别的教会，真舍不得。我们之间不自觉地变得疏远。我想去市川，但毕竟要顾及绿子的感受，还在考虑中。

4月4日（星期三）

不舒服，从早上开始休息。短歌讲座（池袋）请假不去。傍晚去理疗按摩。稍微好了一些。今天有护理人员来家里，所以我偷懒休息了一上午。还好没有去池袋。我感觉身体受到了束缚，晚饭勉强吃了一些东西。绿子今天很晚才到家。她去做按摩了吗？

---

[1] 天使报喜：基督教中指天使向圣母马利亚告知她将受圣灵感孕而即将生下耶稣。

4月5日(星期四)

　　癌症中心。中午绿子从公司赶过来和我会合。一起吃午饭。在癌症中心的上面一层。诊疗结束后我们分开。回到家后睡了午觉。也没做什么,却很累。圣周期间还这么懒散。

4月6日(星期五)

　　上午进行治疗。下午碰见山本,去谷津买东西(买布)。回家后累得不行,休息。真是愧对于圣星期五的一天。今天一整天都不想动。

4月7日(星期六)

　　从早上开始一直喘不过气。最近身体状况很差。绿子,上午船桥。下午→傍晚,正彦先生来访,开心。傍晚去做弥撒(复活节)。很久没有参加弥撒圣歌,圆满。

　　4月1日的日记里提到的"短歌姑且交上去了",其实是母亲的错觉。4月最开始的七天里,没有一天没出现"筋疲力尽""不舒服""很累""懒散"这类的词。以前不用多加思考,轻而易举就能完成的事情,现在她要反复地确认顺序,有没有做错,即便如此,在做的时候也经常失败、重来……这样的生活加剧了母亲的疲惫，伤害了她的意志力。让我们再回到表2（第88页），这一年里，母亲自我激励、鼓劲儿的词语达到有史以来的最高比例。虽然在之前的日记里，我们也常看到很多类似的话，但在全体词语中所占比例在1991年至2005年只有1%左右，2006年增加到1.7%，到2007年则上升至3.2%。母亲日日感叹着自己的身心已经不听使唤，但即使如此，她依然对自己说，努力就会有办法，打起精神，努力，再努力，再多努力一点，她一直这样不断地鼓舞着自己。这些话，在下一年以及之后都没了踪影。

这七天里有两次出现了去做按摩的记录。母亲从去年开始频繁地前往理疗按摩院，这一年的1月到5月，她几乎每天都去。4月3日的日记里写道："在那个地方或多或少还可以闲谈说笑，总比一个人待着要舒服。"我想这是她的心里话。

这一年，母亲在顺天堂大学医学部附属医院接受了阿尔茨海默病的诊断。顺天堂大学的新井平伊教授是痴呆症方面的精神科专家，也是我从年轻时代起就保持交往的好友。

1月20日

（略）傍晚回家后，正彦来家拜访。他帮我安排了诊断。感谢。这段时间我感觉脑子迷糊的时候变多了，（也许是错觉？）连我自己都很担心。听说这次看病是绿子拜托M的。真是对不起。还是早些让医生看看为好。

母亲尽管在日记里写了无数次自己傻了，但真要去医院接受诊断的时候，日记里附加的那一句"也许是错觉？"透露出她内心复杂的情绪。当我设身处地地阅读母亲的日记时，可以看出"感谢"和"真是对不起。还是早些让医生看看为好"这两句话之间体现出的微妙的情感错位，在后面一句话里甚至能渗透出一丝自我嘲讽的意味。1月20日这天，我白天工作，晚上去看望母亲。我在日记里记录道：

1月20日
（略）去船桥。绿子今天不在家，和母亲吃晚饭。她又和之前一样，说起想住进养老院的事情。她说住进养老院的话，绿子就不会被自己拖累。这些话她说了太多次，听得我不耐烦。10点回家。

至于当母亲听到家人建议她去顺天堂医院接受检查时，有怎样的反应，我在这前后自己的日记里并没有找到相关记载。

我只不过偶尔来拜访一下母亲，陪她说说话，即便这样我都会变得焦躁。每天和母亲在一起的妹妹的精神疲劳更是不断加剧。这段时期，在我的日记里有好几次写到妹妹焦虑的样子让我很是担心。我作为老年精神病医学方面的专业医师，看到母亲的状态不可能没有察觉到她患上了认知障碍。我之所以拖到这个时候才让母亲去做检查、接受诊断，其中的原因之一是我不愿意面对现实，另一个原因是我对诊断之后能采取的治疗不抱有期望。那是什么让我下了诊断的决定呢？因为我感觉和母亲同居的妹妹的精神和身体负担已经快接近极限。面对接受诊断的复杂心绪，母亲在之后的日记里有所表述。终于，她迎来了1月26日的诊断。

> 1月26日
>
> 顺天堂医院，我的痴呆检查。绿子今天请假陪我，佐智子也过来照顾我。非常感谢。托大家的福，好像没有什么大问题。下个月再来做一次测试。绿子回家后没一会儿又去了室町[1]的三越百货。我瘫倒在家。

当时检查的结果是，MRI[2]和心理检查的结论都只是不能完全否定患有阿尔茨海默病。MMSE[3]检查的标准是满分30分，得分在23分以下则判定有罹患阿尔茨海默病的可能性，母亲的分数是25分，非常难下定论。按照对认知能力评定更为严格的

---

1 室町：东京都中央区的地名，属旧日本桥区。
2 MRI（Magnetic Resonance Imaging）：核磁共振成像，是一种医学成像技术，利用磁场和计算机产生的无线电波来创建人体器官和组织的详细图像。
3 MMSE（Mini-mental State Examination）：简易精神状态检查表，是一种广泛用于临床的认知状态评价量表。它包含20个问题，分为5个主要领域：定向力、记忆力、注意力、计算力和语言能力。

COGNISTAT 认知测试[1]的结果,在阿尔茨海默病初期受损的定向能力和记忆能力上,母亲的得分较低,但在理解、判断、抽象思考能力和其他认知能力上,母亲得了较高的分数。我不了解当时新井医生是如何跟母亲解释的。她在诊断前既害怕自己得了认知障碍,又难以放下自己是杞人忧天的期望,这次难下定论的检查结果在母亲那里就是"没有什么大问题"。

> 3月9日
>
> 顺天堂检查。绿子中午和我在医院会合。接着上次,这次也是痴呆检查。好像比上次低了大概两分。我虽然觉得很难堪,但也算放心了。绿子从医院去公司。总要她照顾,真是对不起她。回家后疲惫不堪。早睡。

我不知道"低了两分"具体指的是什么,应该是某些检查结果低于了正常值。大概母亲在听过医生的解释后,觉得医生的意思是有一些轻症而已。"我虽然觉得很难堪,但也算放心了",母亲的这句话和1月26日日记里写的"没有什么大问题",心

---

[1] COGNISTAT 认知测试:又名神经行为认知状况测试(Neurobehavioral Cognitive Status Examination, NCSE),是对认知状态进行评定的标准化评估量表。评估项目包括患者的语言能力、组织能力、运算能力、记忆能力和推理能力,能较敏感地反映出患者认知功能的问题及认知障碍的程度。

理是相同的。

在阿尔茨海默病诊断之外，这一年里发生的另一件重要的事情是母亲因为骨折住院。10月15日，母亲在家附近的购物中心等朋友时，不小心在人行道上摔倒，造成肱骨[1]出现裂纹损伤。她立即被送到附近的急救中心接受住院治疗。母亲摔倒的那天我因为参加在大阪国际会议中心举办的日本老年精神医学会，住在大阪丽嘉皇家酒店。我至今清楚地记得，当时我沿着国际会议中心的台阶正在往下走，突然接到妹妹打来的电话，得知母亲意外摔倒。可那天晚上我回到酒店后写下的日记却几乎都是学会的事情，只有最后一句写着"傍晚接到小绿打来电话。妈妈在外面摔倒，肱骨骨折，住进谷津医院"。这样冷淡的态度连我自己都觉得不可思议。然而，现在当我重读自己的日记时，才恍然大悟，当时我漠不关心的态度是源于自己的心理防卫，我在尽可能回避之后可能会发生的问题。

不过，当时因为受伤而住院的母亲在10月15日写下的日记里差不多正确地记录了当天的情况。

10月15日
コロビ[2]倒く横线空白处也有两处这样的记载：

---

1 肱骨：肩到肘的长骨，上臂的一部分。
2 コロビ：摔倒（転び）的片假名写法。

"コロビ倒？コロビ倒？"＞我在lalaport酒店前面的台阶上踩空了，不慎摔倒。我原本想和山本一起去海边散步的……上半身（手臂？）骨折，住进谷津医院。

10月16日

从谷津医院转到东大和光医院（正彦工作的医院），很感激绿子和小A来陪着我。转院是因为我的左肩和上臂附近的骨头开裂，疼痛难耐。

10月17日

M成为和光医院院长，开设新院？10/11（缺席同学会）

10月18日

A也来和S一起陪我转院。虽然很远，顺利抵达做了各项检查后住进单人病房真对不起，给各位添麻烦了，我只能努力康复为报。

10月19日

M正好在医院值班，他经常来看我，感谢。晚上也不会疼到需要按铃，可以熬过去。早上要贴膏药止痛。这次是剧烈的疼痛，很感谢医生全力为我治疗。

10月20日

今天独自迎接早晨。各种治疗、服药。S、T来看望我。绿子傍晚拿了很多行李来。我的食堂座位也定下来了，终于要开始住院患者的生活。我还写了几首短歌。

母亲在日记里连着写了三次"コロビ倒"，有一处还在后面加上"？"，据此推测是她想不起来"摔"字怎么写。16日、17日的日记也许是在18日转入和光医院之后补写的，内容比较混乱。日记里"东大和光医院"的表述，大概是母亲混淆了我以前工作过的东大医院和我当时出任院长的和光医院。18日，母亲在二儿子和二儿媳妇的陪伴下，乘坐卧铺从习志野市的谷津医院转到埼玉县和光市的和光医院。从这一天的日记里可以看出她对周遭的事情有着较为准确的把握。19日的日记里虽然细节处稍显混乱，但整体是正确的。20日也正确记录着家人探病的先后顺序和其他的事情。

但是，摔伤第七天（10月21日）后，日记越来越少，字迹潦草、内容凌乱的记录越来越多。10月29日和30日，母亲用娟秀的字迹写下自己想回家的心情。在她的文字中，想回家的原因不是自己有定向认知障碍，而是基于对现状的正确认知，并交织着因为身体不再行动自如而产生的无奈之念。

> 10月29日
> 　　我在思考能不能回船桥的家，可以吗？……感谢身边的人让我打起精神，但我感觉很孤单。我真是弱不禁风。好像早上治疗的时候看到了M，不过负责我的医生是一位女性和另一位年轻的医生。感谢各位，我才能平安无事。完全没提生病的事情，我没有找他，闲散地度过一天。

> 10月30日
> 　　今天天气晴朗。从朝南敞开的窗户一直能望出去很远，甚至能够看到遥远的船桥。

直到12月23日母亲出院，在她住院的六十七天里，我的日记里关于她的描述只有19日那一天。我几乎只是记录下母亲的情况，犹如医生的诊断记录。

母亲在我工作的医院住院期间，是她的女儿给了她精神上的支撑。她在日记里反复表达着对女儿的感谢。女儿每次去探望母亲的时候，都会帮她做一些事情。这些片段留在母亲的记忆里，化为她快乐的回忆。11月24日，她在女儿的辅助下，推敲短歌的创作,时隔多日给同人杂志寄去了稿件。12月2日,母亲在日记里重复记载了1日的事情,前后两天的记录中,地点混乱。在丈夫忌日的12月8日,她在日记里记录下女儿打电话说去扫了墓,心里感到安定,语气仿佛在向已逝的丈夫倾诉。

11月11日

绿子来看我。她一天都陪着我,照顾我。我好开心……虽然今天是阴天,我们俩一起乘电梯到1f,绿子陪我一起去院子里散步,很开心。谢谢,希望我能早日恢复,早点回家。

11月24日

绿,她辅助我把10首还没有写好的短歌完成。多亏有她在,我把这10首歌全部用毛笔写了一遍,成功交上去。Thank you very much.

12月1日

和绿子出门。我们去了高岛平附近的赤冢植物园,住院以来的第一次外出。呼吸着室外的新鲜空气,红叶美景映入眼帘,我现在是不是稍微有精神一点了?回来后吃了一服药。一直到晚上,绿子都在照顾我,我很感谢她。我们在这里一起吃过晚饭

（吃的自带便当）后，绿子才离开。我很高兴有她的陪伴。虽然我觉得有些孤单，但今天一直到晚上她都陪着我，真是辛苦了。我打心底里高兴。希望绿子收获幸福！！

12月2日

〈写在下一页的框线外〉绿，来访。我们到本乡[1]地理位置靠里的绿地和公园散步，欣赏难得一见的事物，感受庶民生活街区的魅力。很难得。如果不开车的话，一个人是很难到那些地方的。

12月8日

菊夫〈丈夫〉的忌日，幸好绿子去扫了墓。托孩子爸爸的福，我才能够一直平安无事地活到今天。孩子他爸，谢谢。

幼儿园时代的挚友们也为母亲住院期间单调的日常增添了新鲜感。幼儿园好友四人组的各位和母亲年纪相当，都是八十三岁。四个人很难同时聚齐在离家路途遥远的和光医院，当天有一个人缺席，加上母亲一共三个人。下面的日记里，她混淆了和光

---

[1] 本乡：东京都文京区东南部的一个地区。

医院和东大医院。在简短的日记中重复说着同一件事情。

> 12月4日
> （邦、久）幼年时代的两位（澄缺席）专门来到本乡，我们在医院七楼的茶水间喝下午茶。去屋顶赏花。幼年（澄子不在）时代的邦子、久美子来访。去了七层，在图书馆读书，去庭院赏花，有了些许下午茶的经典氛围。临行前，我送她们到一楼，然后两人离开。谢谢她们特地赶来。难得今天可以散步。

12月23日，和当初计划的一样，母亲办理出院，回到了自己的家。当天母亲的日记里，只有用铅笔写下的"出院"一词。接在"出院"一词后的"的计划"三个字被人用橡皮擦掉了。

母亲为什么写下"的计划"三个字，又是出于什么想法把它擦掉了呢？24日是母亲以往极其重视的圣诞平安夜，但当年这一天的记载只有"平安夜弥撒（晚上）"。

尽管在和光医院住院期间，母亲的记忆障碍和定向能力障碍都出现了迅速加重的症状，但回到家后，她逐渐找回了生活的平静。这一年的日记中，一共发现了六十九处和母亲认知功能衰退有关的记录。虽然和去年的一百一十三件相比有所减少，但在这一年中，几乎没有任何记录的天数多达一百五十天，因此有关认知衰退的记录所占实际比例为33%，和2006年、2007年相比并无变化。大概每三天会出现一次和认知功能衰退有关的事件。但在这个阶段，母亲很多时候已经无法认识到自己行为上的失败和认知功能衰退之间的因果关系，直到去年为止，日记中还记录着失败的细节。但在这一年，对于很多认知功能衰退所导致的事件，母亲并没有认识到它们的发生是由于自己记错了地点和时间，反而仅仅是感觉结果不顺或者没有完成。在不同的日子里记录着同一件事情的情况有四次，其中有一次是（22日、25日、29日）三天都写着"今天，新的家政人员头一次到家里来"。22日应该是母亲第一次见到对方，三天后的25日第二次见到对方，以及又过了四天，第三次见到对方的时候，母亲都以为对方是"新的家政人员头一次到家里来"。

这一年里，母亲自己意识到的，因为认知功能衰退而造成的失败具体有以下这些。

> 1月10日
>
> 上午，家政人员，支付得斯清[1] 12月份的费用。等得斯清的人工作结束后离开，我立刻赶去池袋〈歌会〉。可因为我不会看日历，看成了一星期后的安排。尽管午饭（天妇罗）很好吃……我又犯

---

1 得斯清：日本公司，以清洁服务和清洁用具租赁为主要业务。总部在大阪府吹田市。

了老毛病。

3月7日

　　下午去了很久没去的西武。匆匆忙忙地吃过午饭后出门。我下车的站台位置和之前不一样，池袋站大得我找不着北，出站花了一些时间。我弄不清楚西武和（　　　　）百货的位置，等终于抵达会场的时候，讲座已经开始了。脑子怎么傻到这个地步。

4月27日

　　因为我的自以为是，结果把大久保和船桥搞混。等我抵达土笔会时却发现会场空无一人。回到家我才意识到，我去的时候聚会已经解散了！和大木他们喝了会儿茶，之后回家。今天一天尽是失败和丢东西。

7月4日

　　下午去东大医院。智子陪我一起。（略）我把手杖落在了出租车里，很郁闷。（略）多亏绿子把今天需要做的流程都写了下来。因为我稍微有点老年痴呆。

除此之外，还有四处关于忘东西、丢东西的记载。这些失败的具体事件集中在7月以前，8月之后的下半年里很少见。我认为这是因为下半年里，母亲认知功能衰退加上意志消沉，使得她外出和做家务的时间减少，所以相应的失败也有所减少。当然，也有可能是她忘记了那些让人受挫和意志消沉的事情。日记里对事情发生的具体描述变少，想不起固定名词而留出空白的情况也变少了。然而，这一年的日记里，母亲自身并未意识到的认知功能衰退的相关记载却有所增加。比如说，在和光医院住院期间，有两处记录表明她以为自己住在东大医院；有两处记录显示她在同一天里重复记录了两次相同的事情，有三处记录显示她把之前发生的事情当成写日记当天发生的。照此推论，这一年里，母亲没有意识到的失败，以及日记里没有写下的问题很有可能更多。

这一年里，她感叹自己情况的记载有三十七次。和去年的六十六次相比虽有所减少，但二者在有记录的总天数中所占比例都约为22%，几乎持平。三十七次感叹中，有十六次都是对孤独的抱怨。母亲的认知功能已经退行到很难应对多人发表意见的场合。因此，母亲不得不逐渐远离那些曾构成她存在价值的重要集体讨论活动，紧接着，私人交际也越来越少。这导致的结果是，当女儿在公司上班时，母亲一个人在家的时间变得漫长。过去，母亲会阅读、打理庭院、创作短歌，她很擅长享受自己的时间，然而，孤独让现在的她唉声叹气。

1月2日

　　和往年一样,绿子因为酒店的茶会一大早就出门了。我在家待了整整一天。新年的第二天,给别人打电话不合适,在家沉闷度日。傍晚,绿子"以外"[1]地回来得早,我很高兴。还好今天没有下雨。

1月6日

　　绿子下午外出见朋友……要一直到晚上。我整天都闷在家里。这段时间身体不好,身心懒怠,提不起劲。我以后应该怎么办……希望我不会给周围的人添麻烦。

　　每年的新年,一大家子人都会热热闹闹地聚在母亲的家里。可是这一年,我和家人白天早早离开,2日,妹妹出门给每年都会去的初釜茶会[2]帮忙。由于定向能力和记忆能力出现障碍,母亲不再笃定地知道自己此刻在此处做什么、该做什么。独处的时间一定让她感到惶恐不安。

---

[1] 以外:对应原文日记里的错别字。日记里把"意外"写成了"以外"。
[2] 初釜茶会:日本茶道里,新年的第一场茶会被称为初釜茶会。

3月23日

　　CT扫描。绿子向公司请了假来陪我。我总要麻烦她，真是愧疚。回家后，她又到外面去了，傍晚才回来。我一个人在家休息。给朋友打电话，也没什么话可说。这段时间我感觉很寂寞。希望春天后我能稍微打起精神。

5月6日

　　一整天都磨磨蹭蹭的。身体不太舒服。心跳很快。也没法给人打电话，也没有人打进来。孤僻的人注定孤寂。

5月24日

　　今天浑浑噩噩。明知是须认真创作短歌的时候，我却懒散怠慢，缴械投降。也不想给人打电话，一个人躺在床上。阴郁。

对成年人来说，一天之中有几个小时独处并非什么痛苦之事。因为心里知道，虽然此刻的自己是一个人，但始终和许多人保持着联系。如果是有家庭的人，那一份切实的安稳更是不言自明，在外的家人一定会回到身边。可是当一个人的认知功能出现衰退，他会丧失那份对自己与身边人的联系的笃信。当丧失掉对时间的感知后,他便不再清楚,还要等多久家人才会回来。

在上述内容之外,日记里还反复出现母亲哀叹自己状况的记录。日记里接连出现的语句表明母亲在事态发展和自己的意愿背道而驰的境况下,抱着毫无根据的期待,鼓励自己,让自己振作,但依然频频遭遇失败,她退缩,困惑于自己为何深陷如此不如意的境地,在深不见底的泥潭里挣扎。

4月4日
藤山老师和(　　　)的短歌集。我想回寄一封答谢信,可是写不出感想。迟迟未完成。怎么会这样呢。

5月1日
这段时间身体不太好。早上绿子出门后,我又回到床上躺着。如果我不适当加以注意,身体会在我的放纵下衰弱。努力调整,活动身心。上午去治疗〈理疗按摩〉,下午整理房间,写不出短歌。

5月19日
我深刻地认识到,必须有坚定的信念。我虽无法预知上帝的旨意,但近日自己实为萎靡。难得神授之于我的教育,我却未能以身践行,太过惭愧,真可悲。如我今后勤勉努力,我的人生能变得更有深度吗?

6月8日

上午没什么精神,迷迷糊糊地躺在床上。我不想一天都这样,决心下午去教会。中途早退。睡觉。家政人员傍晚时过来,做好饭后离开。吃完饭,睡觉。完全没有精神。连教会都没什么意愿去,我该怎么办?

8月31日

今天去小口那里参加学习会。我鼓起勇气外出前往,可在车站遭遇"错败"[1],回家。我的意志完全被磨灭了,真悲哀。上午在家休养,下午起床稍微读了会儿书。我要振作精神,认真地面对生活。首先,认真地写日记吧。

10月5日

身体不舒服。上午接受治疗。下午无所事事。

---

[1] 错败:对应原文的错别字。日记中将"挫折"写成"挫節",故此处将"挫败"译为"错败"。

真讨厌颓废的自己。短歌也写不出来。写不出文章。尽管我知道自己需要整理心绪，但今天又颓丧了一整天。明天振作起来吧。

这一年的日记里，母亲更加直接又切实地写下对自己可能患上认知功能障碍的恐惧。早在1月的时候，她就在日记中表露出对自己变糊涂的担忧。

1月8日

今年的成人之日挪到了8号。休息日里整个人也恍恍惚惚的，烦心得很。天气很差，一天都窝在家里无所事事。绿子去买东西，做饭，还要处理其他事情，一直忙前忙后。我呢，我知道自己的身体和脑袋变得不太好使，什么也做不了。

1月16日

土笔会。我自我感觉状态还可以，抱着这将是我最后一次参与（主持）的心情，鼓起勇气踏出家门。可是活动刚"开台"[1]没多久，我因为身体状态不

---

[1] 开台：原文把"开始"的日语"始めて"写成了"初めて"，这里把"开始"翻译成"开台"。

佳而退出了活动。真是太扫兴了。我坐出租车回到家，休息。绿在回家前要去三越百货，我先睡了。这段时间我的反应变得迟钝，连我自己都对自己感到无奈。我必须保持内心的平静，一步一步认真向前走。

1月17日

下午和绿子一起除草。今天绿子不上班，在家帮忙做了很多事。我最近变得有些（？），我很担心自己。经常丢东西和犯错误，不知该如何是好。

2月3日

早上，做弥撒。回家后睡觉。绿子去买东西。傍晚，M过来。完全不能集中精力写歌。我一想到自己会这样痴呆下去，就感觉很害怕。我知道必须努力，可努力什么呢……

2月19日

脑子里乱成一团，我好像傻了……我痴呆了！！不论是家里的事情还是自己的事情，我都弄不清楚。我时刻提防，但也许反而不应该有所准备。我应该冷静下来，在走向衰老的路上认真度过每一天。

2月22日

　　去看邦子的画展。四个人聚在一起很开心。作品是花。我今天总是走神，展览的内容记不太清楚。回家后也想不起来。我究竟去做了什么，我是不是老年痴呆了。我很担心。

3月26日

　　我似乎在所有的事情上都变得一塌糊涂，成了彻头彻尾的傻瓜。上午去按摩。那里的人待我珍重，很感谢他们。下午去船桥买东西。我记成明天要去教会，出门添置东西，结果应该是后天。我这个人本来没有什么烦心事，也绝不插手身外之事，尽管如此，我依然是个笨蛋，真郁闷。

6月7日

　　我总是头脑呆滞。我很担心自己。

　　在1月、2月的日记里，母亲频繁地吐露她对认知障碍症的不安，之后类似的表述仅在3月出现一次、6月出现一次。从这一年的4月以来，没有记日记的天数猛增，一个月有十三天。之后也未见恢复，在气温达到历史性高温的8月，日记本里有二十天没有任何记录，有九天只写有单词，仅有两天写的是完整的句子。与此呼应，母亲的认知功能急剧恶化，她不再能够具象地描述内心的不安。

这一年的日记里，母亲继续写下对自己今后的打算。相关记录一共出现了八次。她已经无法思考具体的规划，也不再具备查阅资料的能力。她不再像之前那样，主动地寻求安顿自己的方法，而只是在恐惧的驱使下被动地感到不得不做些什么。当她遇到无法厘清头绪的事情，便来寻求我们的意见。

1月11日

我必须考虑自己今后的生活安顿。在家庭收支上，就算我的部分比较好处理，但考虑到绿子之后的生活，为了兄妹三人今后和睦相处，必须收支分开。其中怎么处理我的事是最紧要的问题。我想和阿正商量。

3月10日

小绿在外面。傍晚M过来。被大家如此关照，我真幸福。但是如果不打理好我的生活，我会很愧疚。试着和M商量。

3月25日

今天早上，绿子出门上茶道课。我没有交通工具,身子也不大舒服,弥撒请了假。明明是大斋期。绿子傍晚回家。小M也来了。他总是这么体贴。晚上大家一起吃饭,太开心了。尽管我很想跟他们商量绿子的未来和小A的事情,但怪我没用,没能说出口。我迫切想尽早结束在这个家的生活,为了绿子有一个更好的未来。

7月1日

M、A来家里,我开心极了。尽管我心里有重要的事情想和他们商量,但一天在日常闲聊中结束了。太失败。

我的日记里虽然写了去见母亲的事情,但没有任何关于母亲找我商量今后生活规划的记载。在上述的三天,母亲都想着告诉儿女自己的所思所想。而我读到自己写的日记,甚至感觉自己是故意让母亲不要提起这个话题。我们一边避免和母亲谈论今后如何安顿的问题,另一边又在母亲不知情的情况下,讨论着使用照护保险购买居家服务之类的事情。在工作的间隙,我们只想着尽快完成看望母亲的义务,完全没有余裕去放慢脚步,真正地贴近母亲的真实想法。母亲心里大概也对我们缺乏安全感吧。在她不知情的情况下,很多事情接二连三地被决定下来。面对孩子们提出来的方案,她已经没有能力提出不同意见,也不再能够坚持自己的意见。母亲在下面的日记中吐露出内心的不满。

7月〈日期不详，栏外空白处〉
　　感觉情况越来越离奇，我不知如何是好。他们说的安排我没有兴趣，我感觉茫然。我想稍作观察后再决定，但又对现状无能为力，我不能总是对他们提要求。

也有的日记读起来让人觉得与其说是在考虑安身之计，不如说是谋求处理身后之事。

1月19日
　　菊夫的葬礼记录和人名簿虽说是二十年前的东西，还保留在杂物间的架子上。万一发生什么事情（时代在变化，不确定究竟能起多少作用），姑且可以用作葬礼筹备的参照。我已经做好遗体捐献的准备，所以不会办得很夸张，能够和各位告别足矣。请多多关照。

10月20日
　　今天是筱〈弘〉在西武开讲座的日子。但我很疲惫，没有前往恭听，只是去打了个招呼。绿子今天请了假,她陪我一起,真是帮了大忙。虽然这次我既没有听讲座,也没能与友人相见,但我借机向老师表达了多年来积蓄在心的感恩之意,请他以后多多关照。至少短歌创作我想坚持下去。

1月19日写的是自己死后的准备。母亲与丈夫死别之后,逐步开始准备自己离世的安排。十多年过去了,母亲一点一点地对临终安排的内容进行修改,到这个时期,她不再有改写细节指示的能力。她之所以写下这些文字,也许是因为尽管察觉到自己的能力正在逐渐丧失,但依然希望可以尽可能地将心中所想传达给后人吧。

10月20日的日记记录的是母亲放弃参与短歌学习讲座时的情形。每个月都开展的短歌投稿对现在的她而言,几乎已经是不可能之事。系列短歌讲座碰巧在家附近的百货里举办。虽然母亲已经有一些时日无法参与其中,但筱老师不论是在短歌创作,还是在生活里都非常关照她,所以我猜想这一年母亲是想去做告别的问候。

这一年的日记里,关于丢东西或者忘拿东西的记录有四次,其中的两次都和我的生日有关。

> 4月10日
> 阿正的生日快到了,我去〈津田沼〉的(　　)

买了贺卡,顺便给他买了礼物(用购物券),结果弄丢了。真是笨得无可救药。

4月12日

　　昨天,把生日贺卡送给阿正。我本来给他买了一份生日礼物,可不知把东西落在了哪个地方(咖啡店、车站),丢了。今天找寻无果,只好放弃。也没办法给他再买一份,苦恼。希望有解决办法……今天我感觉身体不舒服,没办法走动,很头疼。好歹贺卡是送到了,祈求他的理解。

这一年,母亲寄给我的生日贺卡上这样写着:

生日快乐。贵庚〇岁?
2007年4月12日　玲子

　　昨天我忘记将卡片寄出,老年愚笨,还望见谅。
　　现在是12日凌晨2点30分突然醒来很吃惊。起床给你写信。
　　赶在今天送到你手里,真是太好了!!

这是昨天在津田沼的丸善书店买的。"八十〇"[1]岁老太婆犯的糊涂,请见谅。

感谢你长久以来一直待我温柔体贴。祝你和阳子幸福美满,身体健康!!

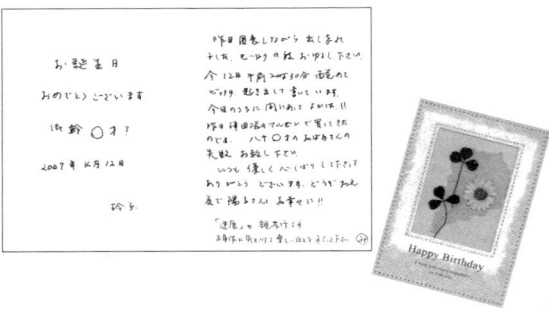

2007年4月,母亲寄来的生日贺卡

我的日记里同一天也记录着母亲寄来的贺卡。

4月12日

收到母亲寄来的生日贺卡。不仅收件人姓名的汉字写错了,笔迹也判若两人。翻开卡片,年龄的地方写着〇岁。

一定是母亲在我生日当天的凌晨,突然从睡梦

---

[1] 八十〇:保留母亲书信中的原文。

中醒来，忽而想起放在桌子上的卡片，匆忙地写好后，一早投入了邮筒。

如今，我阅读着母亲的日记，又一次翻开她写下的饱含祝福的贺卡，与此同时，我看到自己日记里那些冷冰冰的文字，不禁潸然泪下。该祈求原谅的人是我，妈妈。

这一年，母亲和两位心理学专业的研究生一起，完成了自己的人生回顾（第2页）。母亲在回顾的结尾处写下了下面这些话。

> 正彦、阳彦、绿子，请你们相信神的守护。我虽自幼失去双亲，但儿时目睹父亲虔诚信仰的背影，激励着我走到今日。若你们身临苦痛，请祈祷吧。路的前方一定会展露在眼前。
>
> 我是个不称职的母亲，愧于你们。让你们一直身陷清贫的生活，对不起。谢谢你们的照顾。请专心走好你们各自的道路。我真心为你们的幸福祈祷。由衷地感谢。
>
> 2007年6月17日

八十四岁（2008年）
"我的症状一天比一天严重，我好害怕"

2008年的日记本是母亲留下的最后一本日记。日记本很精美，每一页都印着联合国以儿童为主题制作的绘画，每页对应一周的内容。这一年里母亲总共写下了六十九天的日记，日记里几乎都是对自己的认知功能退化以及当下的境况表示哀叹的内容。接下来，我试图以母亲的日记为指引，回溯她上半年的生活。

1月1日

　　阳彦一家人，邦彦来访（正彦因为感冒在家卧床休息）。宁静美好的正月。3日恢复精神，打电话。

1月2日

　　有点累。整天都感觉乏力。绿要去浦安的酒店问候茶道老师（铃木）。最近我提不起精神，在浑浑噩噩中虚度光阴。

1月3日

　　暖和的大白天，我却只知道睡觉。只能以此

聊以度日，真是可悲。绿能随心所欲地生活，真叫人艳羡。我感觉自己的头脑一团混乱，无法规整……电视在耳腔中空荡地回响。新的一年才刚刚开始，我却是这副模样……电视上在播马拉松比赛。傍晚散步，和绿一起。

1月3日的日记里满是叹息。"我感觉自己的头脑一团混乱，无法规整……电视在耳腔中空荡地回响"，这样的表述如实诉说着母亲在无法控制的事态面前茫然若失的心情。而这个时期我的日记里频繁出现接到母亲电话的记录，妹妹打来的SOS电话夹杂在其中，她对母亲烦躁不安的状态感到担心。经历九天的空白之后，日记再度出现。

1月13日

阿正送了我一本漂亮的日记本。虽然时机晚了点，有些遗憾，但我还是决定用它来写今年的日记。孩子的成长是最令人欣慰的事情，所以哪怕语句拙劣，我也要记录下来。

这日的前一天，我在千叶县做讲座。回程的路上我去老家住了一晚。我的日记本里写着，看到母亲没有日记本，我和她一起去买本子。但是母亲实际使用的日记本第一页上写着"来自小绿",也就是这是妹妹给她准备的日记本。13日和我一起去买的那本日记本,也许她舍不得用,一直将其封印在家里某个地方。在这之后的日记同样乏善可陈。

1月19日

土笔会新年会　缺席

1月20日

晨间教会。年初我的身体就开始出状况,今天是我今年的初次弥撒。在绿子的帮助下,我总算顺利完成弥撒,回家。新年才刚开始,我就变得这么懒散,真悲哀。小绿在放长假,她忙着做菜和别的事情。我也得振作起来啊。(今天护工不来,很放松)

1月24日

胸算用[1]〈即长期和同学共同组织的古典文学读书会〉(请假)我出了门,中途感到害怕,折返回家(从车站)

---

[1] 胸算用:"胸"即心、心中,"算用"即估计、计算。见于江户时代井原西鹤的市井小说《世间胸算用》,后广为传播。

1月25日

~~土笔会（请假）~~ 新年会　这是1月19日的事情

1月26日

新年伊始，情绪低落，休息

1月27日

弥撒

1月28日

下午本来准备出门参加午餐会，但临阵退缩，缺席。每当发生这样的情况，我便会独自陷入情绪低谷，很担心这样的自己。我给自己唱鼓励之歌，振作起来。后背痛。

迄今为止，母亲拼命地想要抓住她的生活支柱——天主教会的弥撒、古典文学的学习会、短歌聚会，但她的努力屡屡受挫，最终往往只剩下沉重的疲顿。这样的记载比比皆是。随着记忆力和定向能力越来越差，母亲越发害怕独处。因为她已经弄不清楚自己是不是又忘记了什么，是否应该在这里，甚至不清楚今天究竟是哪一天。母亲难耐自己一个人在家，她想方设法寻找借口外出，但没有一次成功。"我给自己唱鼓励之歌，振作起来。

后背痛。"不论是身为儿子,还是身为精神科医师,我都感觉母亲的文字像一根尖刺深深扎进我的心里。之后的一段时间,日记篇幅稍微有所增加。

1月29日

　　除草工作看不见尽头。我只能尽力先处理篱笆下面最显眼的地方。今天下着小雨,很难开工。整天都是我一个人待着,心情郁郁寡欢。附近没有朋友让我感到寂寞。我绝非性格孤僻之人,或许我应该变得更会察言观色,善于交际。一个人白发后做的努力,犹如削骨磨身之计。

1月30日

　　今天●〈无法辨认〉月末必须交上短歌的稿件。已经没有人再拉我一把了,我必须自己振作起来。早上开始就是我一个人在家。上午睡过去了。虽然今天没下雨,但庭院里到处杂草疯长,无从下手。我要好好过一个人的时光。

1月31日

　　浑身无力。一整天闭门在家写歌,准备交稿子。整个人精神萎靡,不知道该如何是好。既没有朋友来，也出不去。如果我再不社交往来，就真的要彻底沦为孤寡老人了。傍晚时分，和藤本一起去×船方向，在国道旁边的食堂吃过晚饭。虽然是〇食物，但我们轻轻松松地聊天，结束后回家。交歌稿。终于。

2月1日

　　转眼就到了2月。希望能在3月到来之前强健身心，迎接新的一年。今天也是爽朗的大晴天。上午去做治疗，保持良好的精神状态……今天还去车站附近见了老师。上午我做了什么事情？只是去做了治疗，很舒服。把之前做到一半的菜拿出来东拼西凑。绿子让我先把红豆煮好。现在正在煮红豆。

至于2月2日和3日的记录，母亲要么重新修改过日期，要么在空白处补充上了日期，时间序列呈现出混乱的状态。

2月2日［？］

　　状态不太好，身心都很恍惚。日记时间一团乱，反复记同一天（脑子里不清楚）的事情。一想到自己可能会这么傻下去，我觉得真悲哀。稍微冷静下来，整理好心绪吧。

2月3日［？］

今天原本计划去尼古拉堂，可早上开始就在下雪，我感觉身体不舒服，到最后计划的事情都泡汤了。连推辞都没有告诉东京的（　　　）。尽管东京的（　　　）有可能去参加了弥撒，我连电话都没能给人家打一个。一整天都在客厅的桌子前打盹。可悲至极。雪一直持续到下午，在外面堆了有十厘米厚。虽然这个●可能会很冷，但此时此刻白雪覆盖的世界美不胜收。

2月3日［？］

我感觉自己的大脑和身体无法动弹，日期一片混乱。悲哀。

2月3日［？］

搞混了2日和3日，脑子抽筋了。今天是3日（星期日），因为下雪，没办法去东京，只好在家消磨时间。身体和头都不舒服。

2月4日

　　昨天脑子陷入一片混乱。弄混了周六、周日和周一。但这周我要从周一开始好好ガンバロウ[1]。上午来了一位正在学习的学生。性格沉稳善良。这么年轻就具备了诸多优秀品质，真令人羡慕。到了下午，雪很快就化了。

　　日记里写的"除草工作看不见尽头""庭院里到处杂草疯长"，在这个季节不可能出现。母亲晚上写日记的时候，没办法回忆起白天的事情。因此，她回想起来的是以往日常生活里经常做的除草工作，于是仿佛自己白天除了草，写着写着，臆想和实际体验之间模糊了边界。1月31日写到的"交歌稿"，也并非实际发生的事情。但是母亲之所以记得这一天是同人志的截稿日，我想是因为正值月末，母亲写下那样的记录是出于她一心想把创作的短歌汇总进行投稿的心情。就像这一句"上午去做治疗，保持良好的精神状态……上午我做了什么事情？"所写的那样，日记里也有出现她对自己无法回忆起白天的事情而感到困惑的表述。2月3日的日记里，母亲尝试着写下具体发生的事情，但她没有办法回想起记忆深处的固定表达，空白变得更多。日记里的空白处昭示着母亲的思考空缺。

1　ガンバロウ：加油（頑張る）的片假名写法。

日记里还反复出现不知道今天星期几,头脑陷入混乱的表述。母亲也意识到自己丧失掉了时间的定向认知,日记的记载出现混乱。精神科医生为了检查疑似患有认知障碍的患者的时间定向认知,经常会随口询问患者:今天是几号,星期几?阅读了母亲的日记后,我才明白这样的问题只会在无意间助长患者内心的不安。

之后的一周时间里,日记出现中断。于13日再度恢复。

2月13日

　　我很想用心好好对待,可是总是无法如愿。我多希望自己能够活得坦荡潇洒,可我的生活只是勉勉强强。稍微能够放松一点了,努力让自己读读书,深入思考吧。

2月14日

　　晚上是"《圣经》读书会"(?),学习到了很多东西,真开心。果然如果自己不用心准备的话,就不会有●●〈无法辨认〉的时候。傍晚后我一个人在家,整理思绪,思考自我,很充实。

2月15日

　　天虽然放晴了,天气仍然寒冷。所谓大寒……但很感谢太阳给予的力量。今天在体育馆也有体操课。下午读书……今天本应该有短歌会,但好像改了日期。不知道是否因为我总是请假,这次好像大家无视(?)了我,我没有收到通知。不过至少短歌我想一直坚持下去,是必须一直坚持下去。下午有很多人来家里拜访,忙得不可开交。人员进出一直持续到太阳西斜。

2月17日

（在津田沼的圣堂）做弥撒,随后扫墓（和绿子一起）,做了很多事情。傍晚的时候终于闲歇下来,我练书法打发时间。不知怎的,家里进进出出很多人。加山寄来了青森的特产。绿子陪我一起出去,帮了大忙。

2月18日

早上,大学生（记忆学习）回去后吃午饭。终于松了口气。旧时的东京非常●〈无法辨认〉。还有没有别的人和绿子有缘分,那是我管不了的事。今天天气好像很晴朗,真好。但是我没有出去的精力,整个人感觉萎靡。白天也总在睡觉,真烦人。心想下午一定要打起精神。

2月19日

　　上午很安静。M今天也在打工？下午来了接替的新人。乱七八糟的，搞不清楚。拜托在谷津卖便当的店来做。

　2008年1月28日至2月19日是母亲写下能被称为日记体的最后一段时间；同时，也是母亲与认知功能衰退对抗，用自己的意志保全自我完整的最后时期。1月28日至2月4日，母亲进行了最后的抵抗。经历了一周的空白后，在2月13日的日记里，她写下"我很想用心好好对待，可是总是无法如愿"。从这天直到19日的日记表明，母亲已经不再鼓励自己和认知退行进行对抗，而是在现实面前束手无策，茫然伫立。

　到这段时期，母亲已经无法记住除了家庭成员以外的访问者。虽然对方进门后进行自我介绍时，母亲能有所理解，但一旦对方离开，母亲会立刻忘记刚才来的人是谁，以及来做什么。我们为母亲请的心理医生和护工每次来家里，母亲都感觉在重复经历同一个事情，结果她仅有的印象是"不知怎的，家里进进出出很多人"。

　留有完整记录的日记仅到此为止。4月的日记里，只有3日写着"早上，医生来问诊。有些乏力"，此外没有任何记载。

　每周来家里拜访母亲并为她做认知康复治疗的心理医生紫藤惠美女士在报告里极为准确地记录着此时母亲在家过着怎样的生

活。紫藤女士和相泽亚由美女士两人在为母亲做认知康复治疗的同时，根据对母亲的观察做了如下记录。

2月20日

治疗过程中教会的朋友来电。斋藤女士拿笔记本记录，但记录速度追不上，或者说看起来像不知道应该写什么。电话上的聊天内容本身是合理的。

2月25日

点心附了写有"紫藤女士，请用"的字条放在桌上，但斋藤女士没有注意到，四处找寻配茶的点心。如果她看到字条，可能就知道按提示去做，但她注意不到字条的存在。提示茶点心的字条是不是放在斋藤女士习惯去找东西的茶柜上比较好？

3月10日

喝茶聊天的时候，不能正确使用红茶壶，很困惑的样子。她发现自己摆的时候把勺子和叉子搞错，埋怨自己真差劲……情绪低落。尽管她试图开玩笑搪塞过去，但难掩内心的震荡。她说眼镜不见了，去找。找了一遍无果后放弃了，但过了一会儿，又站起来说眼镜不见了。每次我们都帮着一起找，直到她罢休为止,但每一次她的状态都变得不稳定。正在思考如何才能减少她忘记东西位置的情况。

3月24日

　　她在准备泡茶的时候,在厨房和客厅之间来来回回,但似乎忘记自己为什么往返两处,很困惑。她去厨房找舀白糖的勺子,但到厨房后忘记自己要找什么东西,又返回客厅。桌上装白糖的容器的盖子和桌子是同一色系,她站着往下看的时候没有注意到那是白糖,又回到椅子上坐下。坐在椅子上时,视线高度正好能看到容器里的白糖,她注意到没有勺子,站起来去取。同样的事情反复发生。如果把盖子打开,让她站着的时候也能看到里面,那么当她在厨房陷入茫然又回到客厅时,坐下前就能想起需要什么东西。

　紫藤女士不只是客观地观察母亲,还从心理学的角度分析她产生混乱的原因,并就应对方法提出具体意见。女儿外出工作的时候,紫藤女士的意见成为一股强劲的力量,支撑着母亲度过孤单的居家生活。
　虽说如此,在紫藤女士眼中时常茫然不觉的母亲,当她一个人的时候是什么样子的呢?也许她会忽然变得不明所以,不知所措,很容易疲劳,随即自暴自弃,最后只好上床睡觉吧。这样的生活只会更加削弱她原本已经衰退的时间定向认知能力。

之后,3月30日和31日这两天,母亲和弟弟一家人前往犬吠埼[1]旅行。虽然在母亲的日记里找不到任何关于这次旅行以及之后事情的记载,但它成为母亲人生发生巨大变化的转折点。旅行回来后的当天,弟弟的妻子佐智子给妹妹发了邮件,描述了母亲在旅行途中的样子。为了便于读者理解,我在下文的引用中适当调整了标点符号和段落。

> 3月31日　佐智子→绿子
>
> 晚上好。我们和妈妈平安地从温泉旅行回来了。
>
> 最后还是拜托你把妈妈送到东船桥,从那里出发。也许因为她比平时要紧张,走路的速度很快,旅行才刚刚拉开序幕,我们已经开始担心起她是不是会很劳累。总武线晚点了,我们有些担心,在千叶坐上特急电车,和阿阳还有智彦会合后,坐上新干线绿车厢(空荡荡的,很冷)抵达铫子。从铫子坐铫子电铁到犬吠埼,抵达后再搭乘小型巴士到酒店。

---

[1] 犬吠埼:位于关东平原最东端、千叶县铫子市内面朝太平洋的海角。

妈妈从一开始就搞不清楚"为什么,要到哪里去,要做什么"。在多次询问,多次听到我们同样的回答后,终于稍微放心了一点,但依然无法完全信服。直到旅途结束她都在反复问我们。

酒店的房间很宽敞,环境很好,但好像反而让她有些拘束。点心拿出来,她马上就吃了。看到我剩下了几个在桌上,她立刻伸手拿第二个。我赶快把东西放到她看不见的地方。她做出不满的表情,仿佛在说"肚子饿了……",然后装出不在乎的样子。为了换换心情,她起身去泡温泉。她显得很开心,说很久没有泡温泉了。走路的时候很小心,脚步稳健。我告诉她置物篮在哪里,她都认真地听着。没有任何障碍。洗净身体、头发后,将全身浸入温泉,舒舒服服地泡了很久。我帮她吹头发的时候,她看起来很愉快,说很舒服。正常的时候就是妈妈平常的样子。泡完温泉后走到喝大麦茶的角落,她感觉身体无法动弹,稍作五分钟休息。她无论如何也要往茶水里加糖。我委婉地提醒她:如果加糖能让你打起精神的话,那就加吧,最后她还是喝了加糖的大麦茶。

妈妈的胃口很好。不过在吃饭的时候,她忽然对我们说:"看我糊里糊涂地点了这么多菜,可是我没有带够钱。"说罢便哭了起来。泡温泉的时候也是,她突然说出一段新的故事:"是我把你们叫来这家我来过好几次的酒店……"这时候,我们又跟她解释来这里的原委。总之,料理好吃即万幸,万幸。

后来,妈妈说吃撑了……回到房间休息。我正打算再去(趁现在!)泡一下温泉,她马上跟着说"我也去",但我委婉拒绝了她。但似乎我的拒绝在她心中埋下了不满的种子,我去泡温泉的时候,妈妈让阿阳和智彦很头疼。她表面上说"枕头睡着不舒服",我们打电话给前台帮忙换成低枕头,又想了别的办法,比如用浴巾裹着坐垫当枕头,不论哪种她都不满意,止不住地叹气。就是这时候,我打电话给你。多亏你的建议,我们才能够稍微安抚一下妈妈。等她状态好转一些,我们试着慢慢转移话题,结果又回到一开始是怎么来到这里的。她一边听一边做着笔记,中途吃了药,然后就寝。

在闹剧走向高潮的时候,阿阳因为去做按摩了,人不在现场。但最后是他出现,把事情平定下来。儿子的话分量不一般。晚上她因为上厕所大概醒了4次。有一次,她穿的浴衣腰带松了,落到了床下面。她一找就找到了,高兴地说了一声"嚯!"。

晚上还好她忘记了之前的"枕头不舒服"插曲。

早上起床后人很精神。她说"想再泡一泡温泉",又去简单地泡了一下。很积极吧。早饭吃了很多,心满意足地离开酒店,买了铫子的知名土特产"湿米饼",踏上归途。虽然天气很冷(第二天),这次碰上大雨,但好在步行的路程只有一点,很顺利。不过,妈妈因为拄着拐杖,所以没法撑伞走路。今天的路线和昨天相反,我们在千叶和阿阳、智彦分别,在船桥买了三明治当作回家后的午饭。尽管你提前为我们设定好了暖器的供暖,妈妈到家后还是在说"好冷,好冷"。希望她不会着凉。

在旅行途中,妈妈有一半的时间都用"智宝"(二儿子小时候的小名)称呼智彦。每次看到智彦都说他"又长高了。已经上大学了吗?""还没有,就要上高中了""这样,那必须好好庆祝一下"。然而昨天晚上,妈妈说了一个大胆的梦想:"我好想参加智彦的婚礼。"所以我坚信她能健硕地再活个十五年。

虽然旅途中她或多或少有些神志不清,但我想这次旅行让她感受到了日常之外的新鲜感,带给她许多快乐的片刻。不管怎么说,我们这一路很开心。圆圆满满。

佐智子和我们兄弟二人一起长大,她从小就认识母亲。母亲变得离不开别人照顾之后,她也经常带着孙子智彦来家里看望她。因此,佐智子理应很了解母亲平常时的样子。可当她和母亲共同度过一个夜晚,许多迄今为止从未遇见的问题接连发生,她又必须独自应对,一定感到很迷茫吧。母亲把自己的孙子误以为是儿子,感叹孙子"又长高了"。她反反复复说同一件事情,不分场合地随口说出此时此刻想去做的事情,如果被拒绝,就会产生不适的生理反应……母亲的样子完全就像是教科书上所描绘的认知障碍老人。

从描述母亲行为的字里行间,隐隐透出佐智子内心的震惊和困惑。

3月31日　绿子→佐智子

佐智子,帮母亲洗澡很辛苦吧!和她一起洗澡的话没法放松呢……抱歉我不能和你们一起去!!妈妈好像认为泡澡会帮助睡眠,深夜里我在浴室泡澡,有时候她会悄悄跑过来对我说:"我睡不着,等会儿我来泡一下可以吗?"就算我请她稍等一下,她还是会翻来覆去和我说同样的话,所以完全没办法放松……就在不久前,她会生气地抱怨:"起码让我好好地泡个澡!"可最近不知怎的,妈妈变得有些胆怯,我觉得她很可怜,所以到最后都是我出去让她进来泡,然后哄她睡觉……
这个模式是和平的解决办法。妈妈清楚地记得旅行
的事情。她能好好地放松一下,我很高兴。(略)

那段时间,在公司里上班的妹妹正在经历职场环境的变化,在工作上承担起了更大的责任。恰恰是这个时候,母亲出现了照护问题。

4月1日　阳彦→正彦

妈妈的事情,我觉得她一个人生活很危险。如果她留在船桥的家中生活,那么白天她最好待在护理中心那样的地方,其他出行接送以及别的时间段拜托护工来做。或者入住养老院,绿子住到附近。不管如何都应该早日采取对策。很容易发生火灾、受伤的危险。你作何感想呢?

弟弟从很早开始就担心母亲白天总是一个人,主张应该明确地决定看护的方案,但每次我都囫囵应付,把问题束之高阁。这时候也是。尽管弟弟迫切地希望我做出把母亲送进养老院的决断,但我却优柔寡断,当时给他的答复应该是模棱两可的(我回复的邮件没有留存记录)。收到我的回信后,弟弟在邮件里写着"你在这件事上总是兜圈子"。

4月2日　阳彦→正彦

兜圈子

　　我们之间的对话又变成了兜圈子。这次旅行我和妈妈一起住了一晚上,更是感觉她一个人待着会非常危险。她现在几乎已经对外界发生的事情完全丧失了兴趣。你觉得妈妈能理解电视新闻或者电视剧吗?你是这方面的专家,如果你认为妈妈继续过居家生活没有问题,那我尊重你的判断。

　　另外,我感觉妈妈已经没有自我判断的能力。请尽快为她安排可以往返的护理中心和接送服务。抱歉,我净说一些外行的意见。

　　请不要认为我啰唆,你觉得坂户养老院和东京都内康养中心,哪一家更适合妈妈呢?

　　　　　　　　　　　　　　　　　　阳彦

4月3日　正彦→阳彦

　　一般而言,有许多类似母亲现况的老年人都过着居家生活。如果有人在身边,有很多事情她仍然可以在家里完成。小绿也在想办法,增加帮忙的人手,购买护理中心的服务。我请的家庭教师(两位心理学专业研究生)也决定在一周两天的基础上,增加一天的时间来陪妈妈吃饭、散步。妈妈明显在家里会更安心。

至于看护中心,如果是现在的情况,我推荐我家附近的地方,若是情况恶化,那坂户康养看护中心会更好。不管怎样,应该像爸爸生病的时候那样,充分听取小绿的意见。她一直在一个人费心费力地照顾妈妈。我周末会去看望妈妈,下个星期四陪她一起去癌症治疗中心。

坂户也好,世田谷也好,妈妈的存款能不能负担入住的费用还是个问题。我也正在准备成年后见[1]的申请材料。近期材料准备齐全后,我们再商量吧。现在妈妈一个人在家,先不谈受伤的可能性,火灾的风险是没有的(她自己不会去开火)。

当我犹豫不决的时候,最积极采取具体行动的人是我妻子。妻子去参观了几家开在我家附近的付费养老院,把选择对象缩小到了几家。

4月4日这个星期五,我住在了妈妈家。之后,我在5日写下的日记里突然出现我对妹妹说让母亲住进我家附近养老院的记录。翌日的日记里记录了我去参观母亲即将入住的养老院。但我

---

[1] 后见:意为从背后看顾、照护。在日本,成年后见制度是一种法律安排,旨在保护失去判断能力的成年人的权益,救济对象包括精神障碍者、智力障碍者、身体障碍者、高龄者等。

只记得听妻子讲述了收集到的养老院信息。我最后只参观了妻子再三对比后觉得不错的那家。仅仅参观了一次之后，我便决定和弟弟妹妹商量，等待有空房出来就申请入住。现在回想起来，当时拿不定主意的我不过是在弟弟焦急地催促之下，顺理成章地踏上了妻子铺设的轨道。事情的发展与我的困惑、母亲的所想毫无牵连，很顺利地往前推进。

由于母亲在生活里显得心神不定，我安排好星期四的工作，每周从星期三晚上到星期四都留宿在老家。为了尽可能地减少她独处的时间，我们增加了家里护工的人数，也尝试过让母亲在平时前往护理中心。但那里对母亲来说好像不是一个舒服的场所，她很快便以身体不舒服为由不再继续前往。两位心理医师每个星期会陪伴母亲两天，其中的紫藤女士和母亲进行记忆训练之后，会留下来和母亲一起吃午饭。实际上到这个时候，母亲白天独自一人在家已经变得非常危险。下面是紫藤女士在4月4日第一次和母亲吃饭后留下的报告记录。

4月4日

拜访时斋藤女士在打电话。玄关处的大门没有上锁，听她打完电话后我在门口喊她，没有反应。按下门铃后，她察觉到了。大门一直开着，对玄关附近的变化察觉困难。

斋藤女士说话的过程中会出现重复，有的时候会忘记自己之前说的话。但经由我的提问,她可以适当回溯自己的记忆,我们的对话整体上是符合常理的,她的表情也很丰富。

我和她一起在厨房准备食物。她把食物放进微波炉后便忘记了。做味噌汤的时候,她走到灶台前才想起来灶台上放着锅。我想之后再多几次和她一起在厨房做饭,观察她的样子。

4月9日星期三,我结束工作后前往母亲在船桥的家留宿,和母亲说了养老院的事情。开口前我很担心她的反应,但当我说出养老院离家很近的时候,她出乎意料得很爽快地答应了。但从之后事态的发展来看,可以很明确地说,当时母亲并非真正理解了是怎么一回事。我在这方面并非外行,绝对不可能没有察觉到母亲其实是在完全没理解的状态下答应的。只不过,母亲在听到住进我家附近养老院的提议后说出的那句"谢谢",对我而言是如释重负,得到解脱。我呢,只看到母亲没有表示拒绝,以及她很高兴能返回东京的这一方面,而忽视了其余的事情。选择无视自己内心的不安,逃避对问题的深入思考,也许在这一方面我和母亲如出一辙。紫藤女士在5月10日的报告里写道:"斋藤女士高兴地说着自己要返回东京的事情,等她回去后我们再相聚。之后,她的话头转变为,之后就不会给绿子女士添麻烦,希望自己去东京后绿子女士的负担能够有所减轻。好像斋藤女士真的很期待去东京的样子。"此时的母亲对自己之后的生活不可能抱有正确的预测,在这一点上,母亲的心理和现在的认知障碍症患者一样,他们尽管内心潜藏着茫然的不安,但仍然希望回到早已物是人非的故乡。

我为母亲申请了养老院的入住,与此同时,我们的日常生活发生了变化。4月12日,我迎来了五十六岁生日。那天晚上,也许是因为妹妹的提醒,母亲打来了祝贺生日的电话。三天后的4月15日,我收到母亲寄来的最后一张生日贺卡。

> 生日快乐。
> 　我和绿子一起庆祝了哥哥的生日。衷心祝愿你身体健康,事业有成。
> 　　　　　　　　　　　　　　　　　　玲子

之后,提心吊胆的日常生活照常继续。4月26日周六,我去老家看望母亲。

> 4月26日
> 　到家后发现玄关前的大门上着锁。按了好几次门铃后,母亲才来到玄关。看到她只穿了内衣,我大吃一惊。我连忙制止她别再往前走,站在门外想办法把里面的锁扣往上拉,这才进了屋。小绿外出

了,妈妈可能刚才在睡觉。她不停地跟我抱怨身体不舒服。不仅是健忘,她的理解能力和判断能力也不断衰退。小绿回家前我一直陪着妈妈,一起打扫庭院。

我想,就算站在门口的人不是我,是别人,母亲也会穿着内衣就来到玄关处。老家的房子从玄关走到大门,要下五六段台阶。如果她睡得意识模糊,踩空了该怎么办?

5月17日,母亲迎来了八十四岁生日。在4月4日之后一行记载也没有的日记本上,唯独这一天,母亲写下了日记。也许这是母亲度过的最后一个能意识到是自己生日的生日。母亲在这一天写下了自己的抱负,祈愿自己今后能够更加认真地活下去。

5月17日

今天是我的生日。但我很诧异地发觉我对此并没有什么兴趣。不过,我深刻意识到自己应该稍微提起兴致,认真地面对生活。今天的时间很自由,也没有讲座。轻松悠闲的一日。上午在家中收到祝贺生日的电话(青岛、岩崎打来的电话)。下午和绿子去谷津。买了一条日常穿的裤子。要有认真做事的样子。托大家的福,今天我满八十四岁。

哪怕不用特意提及"今天的时间很自由",母亲从很早之前就已经疏离了社会性的活动。即便如此,母亲依然收到了几位朋友打来的祝福电话,下午和女儿去家附近购物。她怀揣着对"认真做事"的期待,买了做家务用的"日常穿的裤子"。之后,母亲的日记又空了两个星期,仅有月底的两天再次出现记录。

5月30日

从早上开始了休息的一天。绿子不上班。上午她参加了讲座,下午外出,一直到晚上。我下午出了一趟门去买东西(竞马场站),很悠闲地度过。晚上去了〈一〉趟○○的店,晚饭一个人吃。绿子下午出去后直到晚上十点还没回来。安静的夜晚。好像要下雨,我还在家独自对今天一天进行反省。

5月31日(雨)

从昨天开始,不知怎么感觉身体状态很差,也许是因为我的懒惰惯性吧,怎么都提不起精神,真服了自己。今天一天过得浑浑噩噩,等天快黑的时候,简直不知道这一天是怎么过的。傍晚和绿子一起做饭,但也打不起精神。今天的天气也是,让人感觉颓丧。天就要黑了。今天还剩下几个小时,应该更加认真地对待。也许是我有些疲惫?

30日的内容大多是母亲想象中的经历。因为不论是参加短歌的讲座，还是夜晚独自外出，对母亲而言都已经是不可能完成的事情。在女儿归家晚的夜晚，母亲在日记本上写道："我还在家，独自对今天一天进行反省。"母亲究竟在反省些什么呢？31日，到傍晚的时候，母亲已经完全回想不起来她之前的行为。只是在文字里写下自己热切的期盼："今天还剩下几个小时，应该更加认真地对待。"

我也尽可能地回老家陪伴母亲。5月24日我在日记里记载着，母亲在家的时候不是在打盹儿，就是在不断重复着同样的话，或者为找某个东西在家中转来转去。只有当我们两人在庭院里除草的时候，母亲的面容上才露出安详的表情。我们并排着蹲下身子除草，累了就伸展身体，坐在院子里的石头上稍作休息。休息一会儿后，我们再次弯下腰，继续除草。不像在家里的时候，母亲会神色不安地问我"这样可以吗"或者是"接下来该怎么做"，现在，她只是一言不发地动手干活，但似乎很开心。"这种事在沉默中即可完成。时间不存在于妈妈的头脑中。"我在日记里写道。

6月，之前申请入住的养老院通知我们有了空房。事情不断朝前推进，我的意志、母亲的思绪不再和它有任何关系。但困惑从未在我的心中消散。我把收到养老院通知的事情发邮件告诉了弟弟和妹妹。

6月6日　正彦→阳彦、绿子
主题：贝乐生Kurara用贺发来联络

今天，家附近的贝乐生Kurara养老院给我打来电话说有空房了。妈妈最近状态比较稳定，虽然我心里某处觉得暂时让她继续住在家里是可以的，但接下来的季节食物会很容易变质，所以我建议还是让她住养老院。请二位尽快告知你们的想法。暂且不论妈妈应该什么时候住进养老院，请你们在星期日下午5点前告诉我是否申请这次的空房。

弟弟马上联系我，让我推进这件事。妹妹也没有明确提出反对。但是，妹妹发来的邮件字里行间充满了困惑。

6月7日　绿子→正彦、阳彦
回复：贝乐生Kurara用贺发来联络

最近妈妈状态很稳定，我不太倾向现在把她送进去。但这件事交给专家定夺吧。如果说星期日之前要给养老院最终答复，在这之前你能亲自来跟妈妈说吗？

家里来来往往的护工，还有前往护理中心都给妈妈带来精神压力，她渴望"回到东京"，所以如果跟她好好交代，我想她会很高兴。

可是，我现在的工作十分忙碌，每天晚上9点还在公司，简直处于疲惫的顶点，周末我很难有力气给妈妈做搬家的准备……妈妈要是不打扮得比平常精致一点，只是穿日常的衣服，很可能会感到难为情。

同一天的深夜，妹妹又发了一封邮件给我。

6月7日　绿子→正彦、阳彦、佐智子
回复：贝乐生Kurara用贺发来联络

跟妈妈说了之后再去参观养老院比较好。今天我本想告诉她，但开不了口。

妈妈并没有做出任何表明她"已到极限"的行为，我很难把慈爱地将我抚养至今的人说交给别人就交给别人……今天我在家里想起了很多往事，潸然泪下……

可是这样平静的状态不会一直持续下去，总有一天，母亲会面临着"极限"的到来。

绿子

第二天，我给妹妹写了回信。我回信的目的与其说是想打消妹妹的困惑，不如说是我为了肯定自己行为的自说自话。

6月8日　正彦→绿子

回复：回复：贝乐生Kurara用贺发来联络

父亲在世时的生活和母亲现在的生活都多亏绿子的照顾。非常感谢。我想妈妈心里也这样想。等真的要做决定的时候，我和你一样难以下定决心。虽然我也认为现在这样尚能应付，但是这家养老院的位置离我家只有几步之遥，条件非常好，设施也很新，以十人为一组进行护理，有家庭的氛围。等妈妈入住之后，我们向她的朋友寄去问候信吧。我想一定会有人去看望妈妈的。这种事情，如果要到迫不得已的时候再去考虑对策，进展一定不会顺利。关键是在还有回旋余地时防患于未然。迄今为止，你和阳彦承担了很多，妈妈住进去之后，由我们多负担一些吧。Kurara很近，妈妈身体上的负担也比较小，我们能照顾她，应该会很顺利。妈妈准备入住也不需要大费周折，就当作长途旅行即可，等她入住之后，阳子会根据妈妈周围的人，还有房间的情况帮助她安顿下来。阳子告诉我，到月末前，她都会去帮忙做准备。

正彦

1988年，六十四岁的母亲送丈夫离世，如今她已经八十四岁。然而变老的并非只有母亲，当时三十八岁的我，如今已经五十八岁，弟弟和妹妹也即将迈入中年。万幸的是，我们三个人都在自己的岗位上勤恳工作，但我们所处的职场环境也在经历变化。我的岳父因患有前列腺癌住进了医院。他出院回到家后，开始在家里使用呼吸机，接受上门问诊。

6月7日，我们开始办理母亲入住养老院的手续。21日，养老院的工作人员来家里拜访母亲，做入住的准备。我不认为母亲此时对入住养老院这件事有清楚的认知。当工作人员问她有没有意愿搬到养老院住，她毫不犹豫地回答有。但是，她并不明白"入住养老院"会给自己的生活带来怎样的变化。我不认为她能想象自己今后的生活是一个人孤独地住在单间，走到大厅见到的全是陌生人。就算我知道母亲的真实情况，也许当时的我还蒙在鼓里，一心只想确保事情进展顺利，那个时候我只关注母亲帮我维持了体面，以及她对养老院表现出了积极的态度。

转眼就来到了入住养老院的7月6日。母亲搭乘妹妹的车前往养老院，我则径直去养老院迎接她们。下面是我的日记。

7月6日

> 午饭过后，前往贝乐生Kurara养老院。妈妈和妹妹一起抵达。房间很简陋，我们回到家里，带上了小的书桌和椅子。曾经期望住进"东京的养老院"的妈妈看上去有点不安和烦躁。然而当场听过

养老院院长的介绍之后，妈妈接受了。我让绿子先回去，之后我也回到自己的家。不一会儿，我接到电话，电话那头说妈妈的状态很亢奋。我连忙赶去养老院安抚她。

晚饭过后，我又去看望妈妈，跟她聊天。在她习惯这里的生活之前，也许会有一段艰苦的路程。

虽然母亲在听院长介绍时看上去有些担心，但也许她还记得自己曾说过想住进东京的养老院，所以并没有表现出强烈的抗拒。但是，当孩子们离开返回自己的家，母亲可能觉得自己孤零零地被扔到了陌生的地方，开始大吵大闹。接到养老院的电话后，我立刻赶了过去。还好选择了离家只有几分钟路程的地方。我担心母亲晚上的状态，所以晚饭后再次去养老院看望她。这一天，母亲也写了日记。她弄错了日期，在一个月以前的6月6日的空栏里写下了下面的内容。

6月〈实际是7月〉6日
天气晴。正彦也来帮忙布置家。分别安排了温泉浴场和食堂的事。下午收到了很多零食。晚上也在商量明天的事情。

母亲写的"晚上也在商量明天的事情"指的是我在晚饭后去

看她的事。母亲说"布置家",大概她意识到了自己现在所处的地方是养老院吧。"分别安排了温泉浴场和食堂的事"应该说的是院长在白天的介绍里提到的洗澡时间和食堂座位。然而,母亲对事情的接受仅限于当时,随着时间流逝,她又搞不清楚状况了。第二天,我下班回来的路上去看望母亲,发现她在自己的房间里打包行李。不过,在那之后,母亲很快适应了养老院的生活。

  6月〈实际是7月〉10日
    洋子〈写错了,应该是阳子〉帮了很多忙。

  6月〈实际是7月〉11日
    依旧是充满了问号的一天。不过大概精神是放松下来了,有胃口吃饭。只是我在所有事情上都变得马虎,所以非常困难。希望我能努力改善。感谢M来看我。我该拿自己怎么办呢,一个问号。

同一天里我的日记。

  7月11日
    八点半多,去养老院看望妈妈。她在逐渐适应新生活。今天她在房间里享受着养老院的设施,我们开着玩笑，妈妈开心地笑了。我决定周末让绿子送《源氏物语》过来，我和妈妈一点点地阅读。

母亲所在的养老院位于我通勤的车站和家之间，下班回家的路上只要不是太晚，我都会先去看望母亲，然后再回家。哪怕如此，母亲一看到我，总会跟我开口抱怨她的不安情绪或者身体不舒服，很难和她正常交流。为了排解母亲的寂寞，我决定和她一起阅读《源氏物语》。我拜托绿子把放在老家书架上的岩波书店的《日本古典文学全集》中的《源氏物语》五卷拿过来。其实，我做这个决定与其说是为了母亲考虑，更像是为了更好地打发和母亲两人相处的时间。最终事情的走向与最初的计划相悖，很快就终止了。因为就算我念《源氏物语》给她听，她也只是轻描淡写地回应一句"原来是这样啊"，除此之外没有其他反应。

在母亲断断续续写下的日记中，充斥着她因为无法理解周围情况而感到的不安。

7月18日

我好像成了新公寓的居民，不过到现在都还没出去和邻居们打招呼。整天都窝在自己的房间里。家里的东西也不齐全，没办法，我能找谁呢。我既没有准备钱也没有带东西过来，感到非常苦恼。这里的景色很好，居住环境优越，我需要习惯这里的生活。开始努力。

7月19日

稍微有点习惯新居了……但是出门和去买东西的时候还是很少，反省自己要这么畏畏缩缩地到什么时候。时间过得太快，什么也没做一天就过去了。心里问自己"能不能更有效地利用时间"，总是在浪费时间。今天时候尚早，我必须集中精力。

7月26日

绿子来看我。请她帮忙整理东西，桌子抽屉和其他地方，现在的我对这些事情束手无策，很苦恼。很怀念和她一起生活的日子。

7月29日

阳彦、佐智子、阳子每个人的教名[1]，在花店买花。

7月30日

拜访正彦的家。晚上正彦送我回房间。给阳子。

---

1 教名：指基督教徒出生和受洗时获得的名字，用来区别于姓氏。

7月31日

　　参观公寓内部，和M一起。

　　母亲确实在逐渐适应养老院的生活，然而她对于这是哪里，自己为什么在这里的认识日渐模糊。8月3日，家人在母亲的房间里安装了座机。为了保证她不会打错，我们将电话的按钮1设置成我的手机，按钮2设置成妹妹的手机，在电话前面的墙面上贴上了便笺。这段时间经常出现这样的情况：当我们口头对母亲说明一件事情的时候，她会说自己懂了，但实际让她去做时往往无法做到。因此，我们当场让母亲练习了如何打电话。母亲似乎记得这些事情，她在日记里写着："8月3日绿子来访拜托她整理东西新安装了电话。"

　　在那个时候，我把母亲用来记录的笔记本放到她的房间。从本子里前后的记录来看，推测是8月上旬的页面中，有下面一行字迹。

"世田谷区樱新町""在老人院常住"、笔记本

"常住"这个表达有些奇怪。大概母亲不知道自己身在哪里,询问工作人员后把地址写了下来。"这里是哪里""没给钱可以在这里吃饭吗"类似的问题我们被母亲反复问了太多次,以致心里有了厌烦情绪。我向母亲解释她现在在养老院,我们支付了费用所以不用担心,但我难掩内心的焦躁。我想,母亲是在用她的方式来记住我说的话,于是在笔记本上写下了"在老人院常住"。

这两句话的下面画着两道波浪线,一道直线。一定是母亲害怕听到我的斥责,她为了不让自己忘记,尝试着把这两句话印在脑子里吧。住进养老院后,母亲不再只用日记本写日记,有时候她也会写在笔记本里。

8月11日
紫藤女士

8月12日
绿子来访。她送给我用箱根的寄木细工[1]做的房间名牌。我们共度半日,很开心。天气很好,宁静的一天。

---

[1] 寄木细工:日本箱根特产的一种传统工艺品,用木材的天然色泽拼成几何图案而制成的工艺品。

8月15日〈笔记本〉

给M打电话，请他帮忙置备房间里缺的东西。为了不〇〇，其他东西他会跟我一一说明。

8月16日

上午正彦给我送来点心（鹤屋）。下午绿子会来。

8月19日〈笔记本〉

上午什么也没做就过去了。这里的生活没有〇〇，也没有收音机，真不知该如何面对。下午去学校的庭院看花坛里种的花。路两旁种着低矮的植物，铺着碎石子的地面走起来很舒服，是我喜欢走的路。稍微宽敞的路上有汽车经过，但不觉吵闹，这里整洁的环境让人心情舒畅。尽管我没有走很远（天气很热），但时隔多日换上鞋子出来走走，让人心情愉悦。希望我之后也能多到外面活动。今天我想写日记。我正在努力让自己的心安顿下来。我思考，制订时间计划，尝试着规划之后的生活。在这里的人睡得很早，晚上楼里四处都无比寂静。我的一大挑战是要习惯这里的寂静，还好现在不是冬天。

8月20日

　　昨晚睡得很早，醒来已经18点了。今天过得很悠闲。在宿舍楼里爬上爬下，散步打发时间。虽然没去室外，但也充分地运动了。现在大家都休息了，很安静。只有走廊的灯光还亮着。要说这样的日子孤单，我的确感到孤单。但我把它当作上帝的恩赐，全心全意地接受。

　　虽然母亲在日记里说自己逐渐在适应，但她的表述说明她把养老院当成了学校宿舍。8月18日，紫藤女士来拜访母亲，两人一起在养老院附近散步。因此，8月19日的日记实际上大概是8月18日写的。8月20日的"昨晚睡得很早，醒来已经18点了"，这里是母亲弄错了时间。但她半夜醒来后去了走廊的记录应该是事实。"但我把它当作上帝的恩赐，全心全意地接受"，母亲的这句感叹让我心里难过不已。

　　之后的9月中旬，母亲没有在日记本中留下任何记录。下面是她写在自己小小的笔记本上的文字。

9月2日

　　10:39，睡了一觉醒来后，感觉很糟糕。打电话给绿子。吃了几块曲奇。在走廊散步。稍微起了困意。真想要一台小型电视机。

9月6日

　　一想到明天的事情，头脑中理不清头绪，我很担忧现在的自己。神啊，请救救我！！我想把秋天的衣物收拾出来，可我回不去船桥的家。我的症状一天比一天严重，我好害怕。明天我也不能去教会。我想回船桥去取衣服，我能回去吗？现在正是衣橱换季的时候，真伤脑筋。

9月7日

　　在尼古拉堂做追悼会[1]，R，在世田谷

日期不详

　　洗脸皂、线、针、剪刀、洗衣皂、半身裙、衬衫、毛毯、白糖、盐、胡椒、味噌（调味料、油）、烤网、锅、药罐、烤网、平底锅、盘子、茶壶、筷子、勺子、刀、叉、菜刀

1　追悼会：原文为パニヒダ，英文为panikhíd，是东正教和拜占庭式天主教会中为逝者安息而进行的庄严礼拜仪式。

9月9日

睡衣、裤子、内衣、拖鞋、毛巾、毛巾架、毛毯（晚上用）

母亲列出生活用品、厨房用品的原因也许是，她一个人的时候，意识不到自己住的地方是养老院，也意识不到自己正享受着各种服务设施，因此她环顾室内，把想到的必备品一一记下来。和日记本不同，母亲的笔记本也是我和她的沟通工具，每次去看望母亲时，我都会浏览笔记本里的内容。当我读到她在9月6日的笔记里写下"一想到明天的事情，头脑中理不清头绪，我很担忧现在的自己。神啊，请救救我！！""我感觉自己的痴呆一天比一天严重，我害怕极了"，我感到一阵锥心的痛。

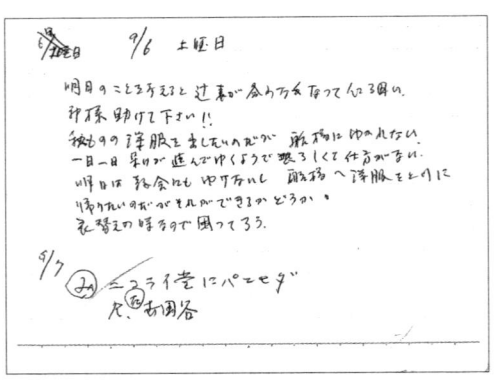

"神啊，请救救我！！"

10月，母亲重启了用日记本写日记的习惯。很多时候，她写下的不是一段文字，而是单个词或者单个句子。但即便如此，从中依然能够感受到她的心情。

10月6日

孤独 TEL 绿

10月10日

体操？

10月11日

下午2点左右，绿子来了 住在船桥一晚、教会

○11日

周六绿来接我，去船桥住一晚

钱包 现在2086日元，m TEL 她知道现在的情况，我放心了

10月12日

给A打电话 和小智逛东京

10月13日

　紫藤女士休息

10月14日

　寄信。什么事情（一旦结束）都忘光了。我好像真的得了ケンボウショウ[1]（　忘症），真悲哀。晚饭　绿子主持　聚会的〇轮流

10月17日

　医院　一整天

10月18日

　绿　正来了　和绿散步

10月20日

　10:30记忆　康复　训练　紫藤

10月21日

　14点给m电话　准备女子大学的聚会

---

[1] ケンボウショウ：健忘症的片假名写法。

10月23日

　　A来访　给绿打电话　不明白每天的内容　白天接到电话，沟通班级聚会的事情。我的记忆完全不可靠，真可怜。

10月24日

　　M来访（晚上）

10月27日

　　在绿子的陪同下，参加东京女子大学的班级聚会［栏外有确认"陪同"汉字写法的痕迹］。

10月［日期不详］

　　很久没有在晚上醒来了。明明很困，却睡不着。要多注意，防止它变成习惯……打了一个大大的哈欠，必须赶紧去睡了。

11月5日

　　下午，吃了一个早（晚）饭，在露台上吃的晚饭很美味。在这里晚上必须早早就寝，不能打电话，也没有电话打进来，好孤单。这周呢？《白昼下的原野》，停止投稿后的生活变得寂寞。

10月20日的日记里写着"记忆康复训练紫藤",这一天,紫藤女士在报告里记录了母亲的样子。

10月20日
斋藤女士、绿子女士

斋藤女士说想去外面走走,我们一起去中庭晒了晒太阳。那个时候,斋藤女士说"已经没有希望了""所有的事情我都弄不明白""我听不懂别人跟我说的话,只是一个劲地点头答应",她仿佛是在说给自己听。可过后她又像什么事都没发生一样,和我接着聊天……在中庭的时候,出现了这样的情况:

我们之间的对话中断的时候,她便神色不安地问:"这里是哪里?为什么我们在这里?"经过片刻的思考后,她又说:"我是不是住在这里的二楼?"

她重拾起了自己的记忆。斋藤女士应该对场所有着大概的认知。

和朋友交谈时,她容易跟不上聊天的节奏(我认为有部分原因是她不爱插话),在她默不作声地听对方讲话时,会渐渐忘记自己在做什么,在聊什么,不知道该怎么办。

当出现沉默或者注意力暂时被分散时，她便会丧失对状况和自己正在做的事的把握，由此陷入不安的情绪。

面对我的时候，她伪装坚强，不在我面前流露内心的不安，但当不安的神情不自觉地显现在她的脸上，我便提醒她"现在正在做什么呢？"抑或在不经意间反复跟她提起我们对话的要点，这时候她才稍微放松下来。

现在，就算我问她是不是有什么担心的事情，她也很难具体地跟我讲述，但她的内心确确实实地对现状感到无能为力。我不会特意过问这方面，我只希望如果在聊天的过程中，她不经意地触及这些时，我的存在能够为她带来些许的宽慰。

12月14日是家父去世二十年忌日，这一天母亲回到家里住，我们也难得地聚集在老家，围坐在餐桌旁。但是，我们几个孩子越是聊得起劲，跟不上聊天的母亲的表情就越是阴沉，最后她打起盹儿来。傍晚，我开车把母亲送回养老院。经过养老院附近的花店时，母亲满面欢喜地说："终于到了，那个拐角转过去就是。"我庆幸还好妹妹没有问起来，她从前一晚就开始了迎接母亲的准备。

母亲的笔记本里夹着绿色的便笺，上面有她用油性笔写下的句子。纸上画着形似圣诞树的图案，可能是用来挂在养老院的圣诞树上的。从便笺上的字迹可以看出她写的过程中经过了反复的推敲和修改，是这样一首短歌：

　　世间万事虽难了如心愿，我依然笔直踏步，一路前行。

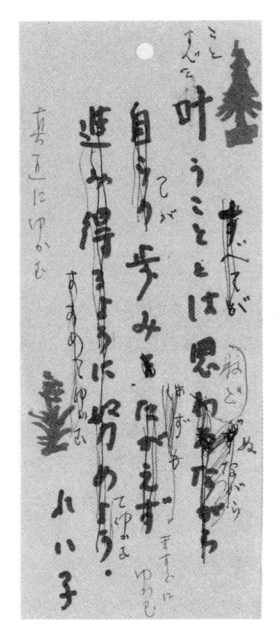

画着圣诞树图案的便笺

第四阶段
八十五—八十七岁
母亲后来的生活

八十五岁（2009年）
"电话打太多，挨骂了"

这一年往后，就没有日记本了。母亲在笔记本中写了日记的日子一共有十天，从1月到3月。之后便再无写有日期的日记风格的记录。

我们和往年一样，在家度过元旦，但母亲看起来并不开心。哪怕一家人围坐着吃年夜饭，母亲也无法跟上我们的聊天，在吃饭过程中渐渐陷入沉默，最后她说身体不舒服，回房间睡觉了。第二天，妹妹外出参加每年都会去的新年茶会，由于不能留下母亲一个人在家，于是把她送回了养老院。在回家住过之后，再次回到养老院生活，母亲花了好几天才适应。我和妹妹经常给她打电话，消解她心中的不安。这段时间的记录：

> 1月3日
>
> 小绿说下周在船桥聚会？傍晚给绿打电话五次？

1月5？日

电话打太多，挨骂了【笔记里画着红色的线】

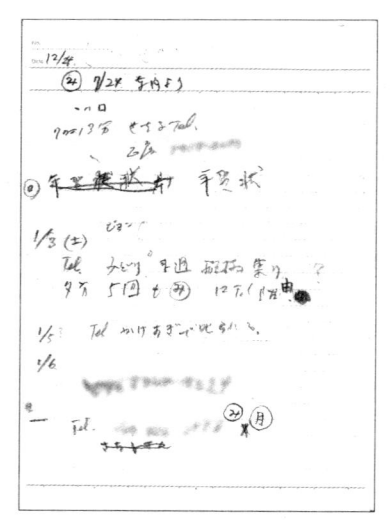

1/5？电话打太多，挨骂了

因为母亲不记得她打过电话，所以意识不到自己已经打了很多次。但接到电话的我们心里却会想"刚才不是刚挂了电话吗"，这样的想法转变成了我们越发严厉的口吻。5日记录里的"挨骂了"，指的是我。当时我刚刚结束休假回来工作，面对母亲随时都打进来的电话，我的口吻变得越发严厉，这让母亲感到害怕。她在本子上画下红色的线，也许是为了提醒自己不要忘记打过电话的事实,告诫自己不要再次挨骂。这段时期,母亲在笔记本里常常提到她回到房间后,内心深处感到的孤寂。

1月6日

下午8点18分。昨天傍晚的时候我睡着了,结果在奇怪的时间醒来。但很快困意再度袭来,我准备接着闭上眼睛……白天醒来后,我浏览了电视节目。稍微走了一小会儿,但依然感觉身体轻飘飘的。我打算再去睡一会儿。一个人待在光线昏暗又安静的房间里,实在有些孤单。但没办法。

2月17日

漫无目的地一页又一页地快速翻动着笔记本,该写些什么好呢?立在桌上的画框里裱着装饰有婴儿和服的可爱贴画。人偶没有脸,有些孤单。可明明都有草鞋……虽说要好好休息,可我睡得也太多了……晚上,我没有可以电话联系的朋友,真郁闷。不过要是情况正好相反,半夜三更的电话也很麻烦……贴画上的缩缅[1]长袖和服真是可爱。我要是能拥有一颗浪漫的文学之心就好了,可每每这

---

[1] 缩缅:日本的一种特殊织法的丝绸,和我国的绉绸有些相似。

个时候，我就变得〈此处，母亲接着本子的横线，画了一条线延伸到栏外，旁边是为确认"实际"的写法而留下的"实衡""实冲"的笔迹〉很实际。真是惭愧。今天晚上我也努努力，尽量早点入睡。19点03分……

2月11日

脑海里一片干涸，什么也写不出来。绿子工作繁忙，我一定不能打扰她……也不能打电话给学校的朋友们。我的日常生活在瓦解。可是我多希望自己的生活里能够多一些感性……要不然我把以前的稿子翻出来读一读吧？……

2月15（？）日16日

晚上很早就睡了。绿子打来电话。真开心。在无人可交谈的深夜（？7:22），能够和绿子煲电话粥，真是太开心了。

接到女儿打来的电话后，母亲快速写下（大概是她挂掉电话后，趁自己还未忘记立刻写下的）"晚上很早就睡了。绿子打来电话。真开心。在无人可交谈的深夜（中略），能够和绿子煲电话粥，真是太开心了"的样子，仿佛浮现在眼前。

母亲的认知功能衰退越来越严重,她对时间的定向认知陷入混乱,无法记住新事物,就连过去的记忆也出现了混乱。每当母亲尝试记录下当天发生了什么的时候,她就会对自己的记忆空白感到无比的困惑。

2月14日

昨天姑且算是完成了扫墓〈前一天和妹妹一起去扫墓〉

2月16(?)日

未完成的扫墓。和坪井[1]一个方向(?)我记不住任何事,心里有些慌张。今天去参拜的地方也……总而言之,义务算尽到了,晚饭回宿舍吃的。晚上和往常一样,参考电视。我去以前坪井那一片了吗?尽管我有些怀疑自己的行程,好在我想起来自己买完东西后的确是去了。晚上我感觉很累,很早睡了。事到如今,我深感写日记的重要性。好好地记录下每一天的经过。最近很多事情都力不从心,很郁闷。要好好地记录。

---

[1] 坪井:日本千叶县船桥市的地区名。

2月21日

电视救了我。我做了各种尝试。这样的散步方式虽然不常见（对我来说），但我希望能多多尝试，更加积极努力。今天下午，绿子也和我一起做了很多标记。猜中了电视放映（？）。可是发生的事情我很快就会忘记，所以没有留下完整的记录。我自己到底去哪儿了？晚上我缩在这个狭长的房间，但反而感到轻松。我努力让自己变得独立。我和小绿在这里。后天（21日）出发。

坪井那里有我祖父的老家。祖父是那片土地上一位大农户的次男，后来当了医生，分家后离开了坪井。战败后，政府推行农田解放政策，划给祖父他应该继承的农田，我们家的墓地也建在祖父老家土地的山坡上。我们还小的时候，每到春秋的彼岸[1]、夏天的盆浴兰节，父母就会开车从家出发，前往车程一小时的坪井老家扫墓。这是我们家一年中的重要仪式。母亲只能尽力记住"完成了扫墓"这件事，但回想不起来细节。她感到疑惑，自己好像去扫了墓？所以那是不是也去了坪井呢？我想，这也许是她当时的心理活动。

---

1 彼岸：春分、秋分及其前后各3天，共7天。在彼岸期间，人们会去祭拜祖先的坟墓并为他们的亡灵祈祷。

祖父已经仙逝，父亲的墓搬迁到家附近的灵园也已经四十余载。虽说如此，母亲也许是感觉自己前去参拜的墓地和记忆中坪井的那个绿树环绕的地方不太一样，觉得困惑，所以才写下"今天去参拜的地方也……"这句话的吧。

16日和21日的日记里出现的"参考电视""电视救了我""猜中了电视放映（？）"让我想不出是何意。之后，2009年3月7日，母亲在笔记本上写下了最后的日记。

3月7日
　　一整天都闷在家里整理手记，和小绿聊天，之后要跟小绿商量，必须加进日记里，商量傍晚，再次，查日记（？）

2009年3月7日的这个周六，母亲留下了最后一篇标有日期的记录。在笔记本中上述文字的下方，可见写着"周六，绿？"的字迹，我想大概母亲当时和妹妹一起住在家里吧。这一年里，日记本已经不在母亲身边，所以"加进日记里""查日记"这些事情其实发生在母亲头脑中一个糅杂了过往记忆、习惯以及心愿的假想空间内。

这个时期，我们家其他人和母亲交流时往往感到十分困惑。在我妹妹和弟媳佐智子之间，有着下述邮件往来。

1月20日

佐智子给绿子　subject：妈妈今天的状态

晚上好。今天白天紫藤女士去看望妈妈，我赶在傍晚的时候去了养老院。

妈妈正好午睡醒来。看到日历上写着紫藤女士的名字，她开始进入今天的"沮丧"模式。她一开始说是自己睡过头，忘记了约定。养老院的工作人员仔细地把刚才实际发生的事情经过告诉妈妈，说紫藤女士跟大家道谢后回去了，这才解决了问题。

紧接着，她因为自己没能记住这件事而大感震惊，感叹道，"我这副样子实在不能让别人交钱来跟我学日语""我必须辞掉工作"。

等她稍微平复下来后，她又陷入别的困惑，"我给你端茶水和点心了吗？""我好像脑子糊涂了"。其间她找不到通讯簿（难道被年轻人拿走了？），无法直接联系紫藤女士成了难题。我对妈妈说，"我联系哥哥，请他帮忙询问紫藤女士"，于是我现在在写这封邮件。总算是……

我挂在嘴边的"没关系"正在逐渐失去说服力。为什么如此束手无策呢？

气候转凉，最近感冒的人很多，保重身体。

佐智子

1月20日

绿子给佐智子　re：妈妈今天的状态

晚上好。因为我是女儿，当我工作忙的时候，会毫无顾忌地关掉电源，或者看到来电显示后直接按语音留言，再或者用明显不耐烦的语气接电话。而佐智子你不能像我一样，作为妈妈的儿媳妇，你很认真地对待她，所以会感觉更辛苦……你不要太在意，随便一点就好。

今天晚上8点10分左右，我给妈妈打了电话，她听起来很精神，跟我说："刚才我读了一本书，叫《做一个好孩子，祈祷神的慈悲》。今天我哭了一小会儿，但我觉得自己不能这样子。"之后我们和往常一样交谈，直到挂掉电话。

会不会出现奇迹，母亲突然恢复正常……

这一年紫藤女士每周来养老院探望母亲，和她共度一个多小时的时光。那是母亲能够安稳度过的宝贵时光。同时，紫藤女士所做的神经心理学角度的观察以及如何应对的建议，也给了我们家人莫大的鼓励。这是紫藤女士的报告。

1月13日

在我们见面的过程中，不知道她是不是想要点杯茶，出了一次房间。过了一会儿她还没有回来，于是我出去看看情况，发现她惶恐地呆立在电梯门前。看样子是忘记了自己为什么出来。

我叫她的名字，她说："我的学生到了……"我劝她回房间，她却说："学生已经来了（指的是我吗？），所以不用回房。"似乎她已经不记得刚才见过的我是谁了。我们回到房间后，她说："咦，我的学生呢？欸？刚才只有你一个人在这里吗？"她产生了意识混乱。

母亲走出房间给紫藤女士端茶，可一出门立刻忘记了自己的行为动机。大概她模糊地记得自己和年轻人之间有约定，所以才在电梯门口等对方到来。但她想不起来自己究竟在等谁，于是就用过去的记忆填补上这段空白。因此她在脑中坚信，来拜访我的年轻人，是来上日语课的留学生。在等待的过程中，这段虚拟记忆变成了母亲的记忆。按照这个逻辑，到外面来接母亲回房间的紫藤女士，并不是母亲要等的人。紫藤女士呼唤母亲的声音让她陷入了混乱。

紫藤女士在这一年前半段的报告里写道："说话的语义逐渐变得模棱两可。我重新回顾最近的会面记录后发现，斋藤女士只是遵照字面意思说话的情况有所增多。"母亲明白每个词语的意义，如果遇见不明白的词，她会查阅字典。她一直保持着这个习惯。然而,在平时的交流中,词语要表达的意思会根据使用的语境和文脉产生变化。单纯建立在词语最直接的意义上的交流会丧失柔软的情感,甚至有时候听起来会显得冒犯。母亲对词语的理解越是停留在表面,我们跟她交流时就越需要谨慎用词。如果不平铺直叙,而用婉转的表达方式,我们和母亲之间会很难交流。虽说如此,如果我们太过直截了当,又会让她产生我们在责骂她的感觉。

紫藤女士在同一个时期的报告里还指出,不只是整体的认知能力,母亲控制自己行为的能力也变差了。

> 1月28日
>
> 最近关于斋藤女士的状态值得注意的地方是,她做出一些过去不曾有的行为,比如折叠明信片、在明信片上打孔。为了做想做的事情(这次是为了向我展示邮票只有明信片的一半大小),综合判断多种情况后再采取行动的能力,以及克制行动的能力明显衰退。我猜想今后她可能难以克制自己的想法,草率的行为会逐渐增多。

这段时间,母亲频繁找寻丢失的东西成了令我们头疼的难题。紫藤女士注意到拐杖、眼镜、钱包、现金等母亲丢失的东西,几乎都能在同一个地方找到。她的应对办法也是给我们的宝贵建议,"(斋藤女士)丢的东西大多忘在同一个地方,我一直陪在她身边,直到她有了头绪,陪她说话,让她安心"。紫藤女士的冷静观察,以及如何处理的精准提示,不仅告诉我们应对类似情况的关键之所在,更重要的是,当我们面对母亲意料之外的愤怒情绪和混乱状态时,紫藤女士的态度和方法成为帮助我们平复心灵的强大力量。

尽管母亲早已失去了写日记的能力,但这个时期,她依然对自己各种机能的衰退感到极度不安。不过,这种不安不再像之前那样来自害怕"自己得了痴呆",而是源于无法理解周围的状况,不知道自己在哪里,在做什么,是更接近于生理性的恐惧。紫藤女士的报告中,有许多描述母亲这般状态的记录。

3月13日

哪怕她此刻正在和其他人说话,或者一起做什么事情,也会陷入混乱,会问:"我这是在做什么?"如果此时对方正好在,她可以通过询问对方"我们刚在说什么?"来解答自己的困惑,不会产生情绪波动。但如果她产生"几小时前我在做什么?"这样的困惑,询问对方也无济于事(无法确认的内容),她就会陷入极大的情绪波动。

最近她好像会常常陷入不安,或者厌烦思考而干脆选择睡觉。要是有办法能够尽可能地让她别总是闷在房间里就好了……

7月14日

　　我去看望她的时候，她躺在床上。她刚起床便开口说道："真糟糕……""最近脑子坏掉了……"

　　"四月到七月的事在脑子里成了一团糨糊……""我现在什么都记不住。""我必须写下来……啊我写的东西放哪儿了？"她倾吐着自己的心境。她说话时脸上带着困惑不解的神情，我好像也不自觉地严肃起来，反而被她提醒："别那么严肃，笑一笑就过去了！"

9月16日

　　我观察了斋藤女士参加养老院活动的样子，发现如果她身边没有一位能倾听并且迅速解答她困惑的人，她就很容易陷入不安。她在参加没有工作人员陪伴的大型集体活动时，很多时候会因为焦虑而退出活动，回到自己的房间，有时也会直接向工作人员、身旁的人倾吐自己的不安。

　　明明脑海里有记忆的残片，但具体的细节却是一片空白，所以母亲才会陷入不安。她独自一个人的时候，不知道自己在哪里，为什么在这里，因此会感到焦躁。和其他人在一起的时候，她不知道自己在做什么，自己应该怎么做，也会变得躁动不安。这段时期，母亲只要不是和紫藤女士一对一相处，总是处于不知道自己身在何处的不安状态中。有时候，母亲会把过去从未有过的愤怒对准我或者紫藤女士。紫藤女士在11月18日的报告中，有着如下记载。

> 11月18日
> 　　今天的会面过程中，她一直很在意"要在这里待到什么时候""之后是什么安排""有人去家里拜访吗""我什么时候可以回家"这些事情。喝茶吃点心的时候也不像以前那样面带笑容，看起来心不在焉。尤其是当她问我"要在这里待到什么时候""之后是什么安排"时，那样的气势我以前从未见过，她非常困惑，看起来极度不安。
> 　　所以，这次我们进行的对话并未把回忆作为重点，而是交流让她现在深感不安的事情，以及她想做出怎样的改变，希望这样做能够帮助她平复心情。在我们沟通的过程中，出现了这样的内容：
>
> ● 如果现在回家，小绿总是早出晚归，她会很辛苦。

● 住在这里，大家会来看望我，养老院的人也都对我很好。

斋藤女士的聊天逐渐进入对现在生活积极一面的理解，她终于恢复了平静。

就像文字中展现的一样，紫藤女士在母亲的身旁陪伴着她面对自己内心的不安。哪怕现在重读她的文字，我对她的感激之情仍难以言表。

虽然母亲的病情已经恶化到很严重的程度，但她依然坚持参加了两次和女子大学时代的同学组织的学习会。尽管母亲在学习会上已经做不了什么事情，她的同学还是把活动通知发到了妹妹的邮箱，在妹妹的陪同下，母亲参加了活动。可能母亲的参与给学习会的其他成员造成了诸多不便，但我想，母亲也许在那一瞬间重新体会到了过去的快乐。当然，全程都有妹妹一直坐在她的身旁。参加完12月的学习会活动后，妹妹给紫藤女士发了报告的邮件。

12月15日

感谢您一直以来的关照。

星期日看来很平和呢。

星期六妈妈去了女子大学的友人家，参加"芦苇之会"的学习会活动。现在正在读《雨月物语》。大家依次阅读原文和口语译文,听到别人问"今天由谁先开始",她冷不丁开口应答道"那我先来吧",我有点担心,但她顺利朗读完了一节。朗读这个方法很好。

和之前一样,只要提到"家",她就会想到麻布的家。我听妈妈说过好几次阿部(妈妈小时候的邻居)的事情(紫藤女士您也是吧!),以至于感觉对方是我的一位熟人。可是,当妈妈问我"以前住隔壁的阿部,现在怎么样了呢",我不知道该怎么回答……

非常感谢您在休息的日子也去看望妈妈。如果您时间不方便的话,不去也没关系的,千万别勉强。这一周天气冷得宛如严冬……请注意保暖。

和妹妹、紫藤女士的主动相比,我作为精神科医生,同时身为长子,却没有给予母亲一点支持。

10月23日

去 Kurara 养老院看望母亲。她好像认为自己被家人抛弃了。跟我猛吐了一阵苦水之后,又说,她愿意牺牲自己,希望大家能自由自在地生活。唉!

八十六—八十七岁（2010—2011年）
"长久以来，谢谢"

2009年3月7日成了休止符，之后母亲再也没用语言记录自己的行为和思想。2011年5月21日，母亲在埼玉县和光市的医院（我时任院长）停止了呼吸。中间大约两年的时间里，我们只能靠当时的记录去推测母亲想了些什么，她有怎样的感受。

八十六岁（2010年）
"我都跟你说了我很痛苦！！"

有了养老院衣食住方面的照护，母亲的生活大体上没有特别需要担心的事情。但是，紫藤女士在报告中记录了母亲源源不断的焦虑："我不知道该怎么办。""最近软弱无力，脑子变得奇怪……忘记得很快……""这里是哪里？我可以在这里吗？"

曾经母亲通过写日记的方式来客观面对自己心里的不安，平复情绪。但她失去了写日记的能力，同时，也失去了控制自己情绪的能力，进而把这些情绪抛向了紫藤女士和自己的家人。如果母亲能说出希望我们做哪些具体事情，就算很难，我们也还能够或多或少地实现她的诉求，但她的不安并没有任何具象的原因。之前她白天一个人在家度日时内心感到的不安，入住养老院后依然存在，并随着病情的恶化变得越发严重。

母亲生前的最后两年,已经无法用文字记录下自己的思绪。和之前比起来,在这两年里,有很多时候她绝望地倾诉着自己的身体所承受的痛苦。然而,大约在2010年的秋天以前,只要紫藤女士用非常巧妙的方法分散母亲的注意力,她就会恢复到之前那样平静的状态。尤其是当准备好应季的甜点,沏好茶,母亲的心情会很快变好。

母亲经常会弄混小时候住在麻布的家和结婚后长期生活在船桥的家,居住的养老院在她的意识里也一下子变成酒店,又变成学校的宿舍、公寓。母亲和紫藤女士说话的时候,经常把我们几个孩子当成她自己的兄弟姐妹,说着说着,她自己就会陷入混乱。无法正确认识日常生活中的现实,这一点加剧了母亲内心的不安。

紫藤女士在这一年的报告中这样写道:

> 8月20日
>
> 进入房间前,她好像没有理解自己身在哪里,她会说:"门没上锁,我们可以进去吗?""可以进去吗?"(中略)
>
> 走出房间,回到房间,或者去庭院,每当环境发生变化,她便会反复询问:"这里是哪里?""我们现在在做什么?"也许所处的环境发生变化时,她会感到不安。当我跟她说这里是名叫Kurara的

养老院,亲人们也都知道斋藤女士您在这里时,她理解了,并且感觉放下心来。

并且,斋藤女士本人好像对自己为何在这里有着自己的理解,她认为"麻布的家被拆了,所以我在这里过渡一阵子"。

这一年里,家庭成员去养老院看望母亲的时候,很难再和她共度一段愉快的时光。我们不经意间一句简单的问候,"最近身体还好?今天怎么过的呢?",就会成为她陷入惶恐的导火索。"欸?哎呀,我今天做了些什么呢?……完全想不起来。我已经成了个傻老太婆了,什么都不懂……你们想想办法啊。"但我们要是一直保持沉默的话,母亲又会抱怨说自己"寂寞""很痛苦"。我感到下班后去探望母亲时的步伐越发沉重。

8月23日

一点,去看望妈妈。我带了小时候的相册,但可惜,拍得很模糊,我们之间的聊天也不温不火。中途,她要给照护计划签字,所以起身离开,回到房间。回房后很快睡着了。

和期待的相反,母亲对相册没有任何兴趣。准确地说,她一开始是感兴趣的,也想看照片,但不知道是否因为照片太小,很难看清楚,还是她在翻动相册的过程中,看到很多张照片密密地排在一起而觉得不明所以,她眉头紧锁,看了一会儿之后,说:"看不清楚,不看了……小正,我好痛苦,这段时间不知怎的,我感觉特别痛苦……"又回到了惯常的模式。就算我去看望她,也很难让她开心,但如果就此结束会面,早早回家,会给母亲留下很糟糕的感觉。为了避免这种事情发生,我这个不孝子,在此刻决定咬牙坚持。后来,我从相册里挑选了几张照片,到照相馆放大到六寸,并做好塑膜加工。二十多年前,我有幸和摄影师细江英公先生吃饭,当时先生说的一句话"细节对照片至关重要",我一直牢记在心。为了不让母亲分散注意力,我放弃了同时呈现多张照片的相册。我想,如果从相册里挑选出有意思的照片,把它们放大洗出来再给母亲看,也许就能触动她的心。虽然这些都是我小时候的老照片,但都是由我的父亲拍摄下来的。父亲爱好摄影,他特意用在当时来说称得上高级的相机拍下了这些照片,所以放大后细节依旧清晰,洗出来的照片比我想象的更清楚。下面的日记记录了我带着照片去拜访母亲的情况。

9月13日

　　有一段时间没去探望妈妈了。这次我把放大后用塑膜包装的几张小时候的照片带给她看。妈妈的反应和前些日子翻看相册里的小照片时完全不一样。她看到照片背景中家的一部分,说道,小绿就是在这个房间出生的,等等,她说了很多过去的回忆。

母亲对照片的细节有了反应。照片中,我一个人在玩耍,而母亲的目光停留在了照片的背景上。照片背景中的玻璃门是关着的。母亲说的"小绿出生的房间"位于穿过玻璃门后的走廊的深处,从照片里是看不见的。但在母亲的脑海中,那一天,期待已久的女儿终于来到这个世上,当时的喜悦和那个房间的情景通过照片生动地浮现在她的眼前。

另外一张拍摄的是,我和弟弟在利用家中庭院一角打造出来的沙地里面玩耍。这张照片也引发了母亲极大的兴致。她眼光落在这张黑白照片上,眼睛眯成一条缝,开口对我说:"哎呀……小正穿的罩衫是蓝色,小阳穿的是绿色。"我们家的房屋是"コ"形的三面环绕结构,沙地建在中间的空地上。我只能模糊地记得我穿去沙地玩耍的罩衫是用灯芯绒面料做的,但母亲能记得两个孩子的衣服颜色。我过去听母亲说,我们家男孩子的衣服颜色只有蓝色和绿色。母亲在缝制衣服之前,会问我们想要什么颜色,我作为哥哥,每次都抢先回答道"蓝色!",所以弟弟只能回答"绿色"。为了让孩子们在玩耍的过程中不离开大人的视线,沙地建在母亲放着缝纫机的房间和父亲工作的齿科诊所的技工室之间。母亲看到照片的角落里有一处不起眼的三角形,她继续展开自己的回忆,满脸欢喜地对我说,因为我从小害怕滑滑梯，父亲为了让我读小学后不再为此困扰，给我买了滑梯放在家里。那个小三角形便是滑梯的降落口。

我动用自己作为痴呆症专家的经验和知识，联想到也许可以用照片的刺激，来唤醒痴呆症患者遗失的记忆。但我无法否认自己也确实想逃离和母亲相处时的尴尬氛围。自从母亲患上认知障碍的事实浮出水面后，我会下意识地用"客观的"、冷静的视角去观察这位"阿尔茨海默病患者"。但是，在这一天，眼前出现的是拿着照片、不断讲述自己记忆的母亲，在日本还很贫穷的年代，这位母亲不只提供给我们衣、食、住，还用无尽的慈爱守护着她的孩子，抚养他们长大成人。那一天，我在母亲脸上看到了许久未见的安详笑容。

然而，当这一年夏天逝去，秋色渐浓的时候，母亲的精神状态越来越不稳定，她完全失去了内心的平静。她没办法安静地待着，会没来由地到处走动，不论在哪里，她都感到慌张和不安。在面对家庭成员之外的人的时候，她也不再有曾经那般的体贴。就像面对紫藤女士那样，越来越多的时候，母亲将自己的情绪毫无保留地对准了身边的人。下面是紫藤女士的报告。

10月31日

星期日，我拜访的时候斋藤女士刚吃好午饭，我和她在大厅度过下午。她回到房间后，对我说"我不知道该怎么办""因为我的脑子变成了这样（她举起手在脑袋上方绕圈）""很快就忘记……"，看起来心神不宁。

11月19日

　　斋藤女士一回到房间就立刻躺下，有的时候她会激动地大喊："救救我！""我都跟你说了我很痛苦！！"我陪了她一会儿后，她冷静下来。但这是斋藤女士搬到养老院后，我开始拜访她以来，听到她发出的最歇斯底里的声音。看到她后来睡着了，我才起身离开房间。

12月23日

　　刚开始听到她自言自语似的呻吟"好痛苦"的时候，我会做出回应。但每一次，她的情绪都会变得很激动，催促我"你快做点什么""我现在就想去看医生"，随后却又因为陷入这样的状态更加混乱和痛苦。

八十六岁（2011年1—4月）
"快想想办法吧！"

2011年，母亲的状态像是驶上了一条快速下坡的路。元旦那一天,全家人聚在一起,但母亲似乎并没有打心底里享受和家人的团聚时光。哪怕有妹妹绞尽脑汁做出来的年夜饭,有亲人围聚在身边,母亲的脸上也始终笼罩着困惑的阴霾。下面是我的日记。

> 1月1日
>
> 阳彦、佐智子、智彦先到了。妈妈几乎没法和大家正常交流,只是一个劲地说"很痛苦"。不过有一次,她看着智彦说"你长这么大了,我真高兴你成了一个可爱善良的孩子"。只有这一刻,她露出了以往那般温柔的神情。我们和邦彦叔叔吃着小绿做的饭,庆祝新年。

之后,哪怕回到养老院,母亲也完全丧失掉了对周围人的体恤。不论对方是谁,她都肆无忌惮地发泄自己的情绪。紫藤女士在报告中持续记录着母亲混乱的状态。这段时期,紫藤女士大概是和母亲度过最长时间的人。面对连声哀叹自己十分痛苦的母亲,紫藤女士一直态度坚决地陪伴在她左右,努力为母亲创造片刻的宁静。但这样的时光变得越发短暂。很快,母亲的运动量减少,躺在床上的时间变得更多。即便这样,直到最后一刻,紫藤女士都坚持着努力让母亲拥有宁静的时光。

3月10日

听见我跟她打招呼,她说:"感谢你特意来看我。"她回答得还算清楚,却丝毫没有起身的样子。我问她,要不要坐起来,她回答:"想。"于是我扶起她,让她坐在床上。但当我抬起她身体时,她发出痛苦的呻吟,随后紧紧抱住脑袋,说:"快想想办法吧!"重复了好几次扶起来又躺下去的过程后,她对我说:"有事想出去问一下(可能是问工作人员)。"于是我搀扶她走出房间。

刚出房间,她又说:"接下来该怎么办?""我们该去哪里?"她又忘记了出来的目的,于是我打算就这样陪她走走路散心。我们在院内散步。

出房间后还未过十分钟,她开始慌张起来,开口说:"快点让我回去……我必须早点回到东京的家。"到后来,她就只是说:"我想回去。"于是我们早早结束散步,返回房间。

斋藤女士回到养老院后,总是会说"很痛苦""我想躺下""我想回家""这里(后背)好痛"这样的话。回到房间,她在床上躺下后,眼泪汪汪地央求我"快想想办法吧""快把他们叫来"。我没有回应她,没多久她心情平复下来后便睡着了。看到她的样子,我感到心情沉重。

她休息了大约二十分钟后醒来。我们一起喝茶，吃点心。她对点心的反应一如往常。我开玩笑说："如果你身体很痛苦的话，那我替你吃了。"她戳了戳我的脸颊，笑着说："那可不行。"

为了能和母亲相处时拥有安宁的时光，紫藤女士制定了下列方针。

访问目的做如下规定：
- 访问期间不让她陷入痛苦；
- 制造说话、双向对话的机会；
- 想办法让其展露笑容。

不用询问的口吻问她"我们做××吧？"而是确定地说"我们做××"，这样可以减少她"不懂"的情况发生。

避免让她产生对话是刻意被营造出来的感觉，说话要自然。

作为家庭成员的我们在面对性情越来越孤僻，长时间心情低落的母亲时，常常陷入不知所措的困境，紫藤女士在每周的报告中指明的这些方针，成了指引我们方向的罗盘。

八十七岁（2011年5月）
"请保重身体"

从2011年5月开始，母亲的状态发生了变化。我在5月5日的日记里记录了母亲出现低烧。在此前后，她起身的次数屈指可数，意识模糊的时候越来越多。

紫藤女士5月7日前去看望了母亲，那个时候她的体温是37.4摄氏度，母亲几乎一直都躺在床上。这是当天紫藤女士的部分报告。

> 5月7日
>
> 每隔十分钟我会叫她一下，确保她不会睡着。虽然很多时候她都昏昏欲睡，但看到我在编织东西，她饶有趣味地伸出手来，嘴里说："好漂亮，真可爱……"可是当我问她："您很会织东西吧？"她却没有任何反应。
>
> 当我把点心拿给她看，问她要不要吃的时候，她的反应很好："真可爱啊，看着很好吃的样子。"可是她没有把"吃点心"和"起床"这两个行为关联起来，一起身就很痛苦。但是她又想吃点心，不知道该怎么办才好。她看见点心会说"看着很好吃的样子""好想吃"，有时候她笑着用手轻戳自己的脸颊，做出俏皮的表情，在这一瞬间她的脸上闪

烁着光芒。

　　当她躺在床上醒来时，如果看到有谁在旁边的话她似乎会有安全感。有很多次都是她忽然睁开眼睛，看到身边有人后再安心地继续入睡。我回去的时候，她对我说："请你下次再来。对不起我总是躺在床上。请保重身体。"她说话的语气很沉稳。和我刚到的时候不一样，当时她显得有些焦躁，现在平静了一些。（略）

　　最近她状态差的时候有所增多，我觉得自己是不是没有起到什么作用……

　　从今往后，我决定在和她接触的时候，尽我所能地让她感到"安心""熟悉"和"愉快"。

　这是紫藤女士的最后一篇报告。紫藤女士长时间以来尽心尽力地照顾母亲，我很欣慰"保重身体"成为母亲和她最后的告别之词。

　5月10日，养老院的特约医生联系我说母亲的低烧一直未能消退，血液检查的结果显示，她体内的白细胞只有1000，其他的血液成分也在减少，处于全血球减少的状态[1]。我在单位接到

1　全血细胞减少症（pancytopenia, PCP）：又名再生障碍性贫血（再障），是指外周血中白细胞、红细胞及血小板均减少的状态。

电话后,咨询了内科的犬尾英里子医生。犬尾医生一直在母亲的健康管理方面给予我意见。另外,我也征求了弟弟和妹妹的意见。最后,我决定不做查明病因的检查。母亲被诊断为阿尔茨海默病后,接受了胃癌的手术,后来又做了腹部大动脉的手术。每一次的手术都多亏了医院的关怀,才没有出现大的问题。然而,从最后一次手术结束到现在,已经过去了六年的时间,母亲的认知功能已经出现明显的衰退。我不愿意让她再一次承受检查和治疗带来的痛苦。

母亲醒着的时间一天比一天短,水分和食物的摄取量也逐日减少。在当时的日本,不论是对死亡过程不施加任何人工干预的临终关怀,还是在设施内对老人实施医疗行为,对私立养老院的工作人员来说都是陌生的。5月16日,星期一,我决定把母亲转到和光医院。这是那一天我的日记。

5月16日

4点醒来,然后起床,吃早饭。写完给老年精神医学杂志的论文。时针过9点,去Kurara养老院。妈妈今天早上仍处于昏睡的状态。9点30分,小绿赶来。快到10点的时候,照护出租到了。我们载着妈妈去和光医院。住进六层的单间病房。由于已决定不再做任何医学上的治疗,我不确定带妈妈来这里的选择是否正确。感谢养老院的工作人员。

虽然母亲被转移到了医院，不做任何干预的决定依然没有改变。5月17日，母亲的烧退了，也许是心理作用，我感觉她醒着的时间也有所增加。这一天，母亲所属教会的神父为她举行了临终祝祷。第二天，母亲再度陷入昏睡状态。当她偶尔从昏睡中醒过来，医院的工作人员便喂给她水或者冰激凌。5月20日，星期五，我下班后去母亲的病房看望她。我握住她的手，在病床边坐了一会儿。听到我的呼唤，她轻轻地睁开眼，用微弱的声音说"是你，阿正"，但很快又闭上了眼睛。不知怎的，我以为这样的状态会持续很长一段时间。当晚夜深后，在市区工作的妹妹过来看望了母亲。

转移到和光医院后的第五天，21日早晨，我家电话突然响了。七点四十分，母亲长眠。前一天，我同她共度生命的最后一个傍晚，女儿在夜深时赶来见她，第二天早晨七点，次男夫妇过来看望，四十分钟后，母亲止息于世。病房墙上挂着一幅描绘儿时的撒母耳祈祷的绘画，陪伴母亲走完了生命的最后一程。

我们把母亲的遗体送回了船桥的家。我们打开了母亲贴着"为那个时候"字条的箱子。她生前嘱咐过女儿要等到自己去世后才能打开。箱子里除了放着写有遗书字样的信封之外，还有母亲为自己准备的寿衣，她希望在临终阶段采取的医疗方针、去世后需要联系的人员和地址，还有关于葬礼的指示，以及要送给来参加葬礼的客人的一百张卡片。在卡片上印着手绘的樱草，旁边写着"爱是永不止息。哥林多前书13-8"。卡片的背后，母亲用毛笔写下"谨表谢意斋藤玲子"。遗书的内容是1998年她开始书写,后来又历经多次修改的临终笔记。内容里提到的人若在撰写过程中离世,她便用"——"划去。最后一次的修改是在何时,我们已不得而知。

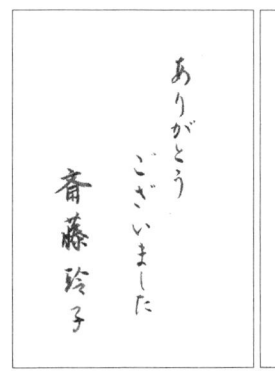

给葬礼参加者的卡片

遗言

我写下这封信,是为避免某一日召唤突然而至,以至于我无法与你们道别。

丈夫辞世后,我能如此幸福、自在、健康地度过余生,神赐我的恩泽自然不必赘言,要感谢三个优秀的孩子和他们的伴侣给予我的恩惠。感谢各位长久以来的关照。你们尽己所能,对我这个老人施予诸多的关怀和体恤，我十分欣慰。再次向各位道谢。

告别的时刻终将到来。我已经活到了这样的年纪，心里早已准备好迎接天命的召唤。我在年轻的时候就曾思考过自己的临终和后事，我思索过自己的死亡会以何种姿态来临，而我又能以怎样的心境去面对。可怎么也未料到会是现在的样子。我只祈求心灵终归于宁静。

我深感先逝的丈夫留给我厚礼，让我其后仍能够安心地坚持自己心仪的道路。我甚至感觉这份礼物之于我有些浪费。若是我的病情没有治愈的希望，请停止维持生命的医疗手段，那毫无意义。协助我平静地迎接死亡的到来。我不希望给你们的生活添乱。正彦是这方面的专家，我可以安心地交托给你。请和阳彦商量后妥善处理。我虽不排斥痛苦，但仍希望尽量以自然的状态迎接死亡。

在我临终之际，请拜托神父为我举行临终祝祷。为我的灵魂。

至于我的遗体，请按照前些年我们商定的那样处理。祭坛处的照片已打印出来放好。有别于平常的样子。我不想带给绿子痛苦的回忆，请各位不要因为离别而悲伤。请为我的平安祈祷。

你们的时间甚是宝贵,为我举办葬礼弥撒足矣。葬礼和其他事宜从简为宜。交往甚浅的人,不要给他们添麻烦,向亲人和好友致以告别的问候即可。

我余下的嘱托,便是兄妹三人,还有各位夫妻之间和睦相处,互相扶持。在神的面前,为人谦和,不骄不躁,不要忘记济贫救难之心。阳子、佐智子,我请求二位多多扶助我的儿子。我衷心祈愿神赐予绿子一位春侣。

哥哥、姐姐,感谢你们的养育之恩。洋子、邦彦、启介、如一,感谢你们的关照。

神父先生,教会的诸位同胞,洼田老师和《白昼下的原野》杂志的各位,女子大学、青山、小学、幼稚园的诸位同学,特别是芦苇之会的诸位,感谢大家长久以来的关照。

追记

这次患病,感谢你们慷慨的照料。尽管我有很多不尽如人意的地方,可各位依然倾尽所能,齐心协力地照顾我。因为你们,我才能重新恢复精神,谢谢。让阳子、佐智子也费心了,实在抱歉。

从今往后,请和各自的伴侣携手互助,共度人生。我年事已高,却涉世浅薄,实在惭愧,但多亏你们的尽心尽力,我才得以安度晚年。有这么好的孩子,我感到很幸福。

我很感恩正彦和阳彦得到社会的认可,但切勿沉溺于名利,请谨慎行事,远离金钱与利益的纠纷,做清正廉洁的医生和兽医。绿子(希望你的人生有一位良人相伴……),请认真过自立的生活。多多听取哥哥们的意见。事到如今,我已经无力挽回自己缺乏常识的弱点和纰漏之处,唯有空悔恨。我自知不值得拥有如此优秀的孩子们。我衷心地感谢你们。

痴呆症／是什么

我写这本书的目的是希望从亲历者的视角去看待人的衰老，抑或阿尔茨海默型痴呆症的病症。因此，母亲日记里的表达才是本书的核心，附加其上的客观解说未免有模糊本书主旨之嫌。为了让读者能够理解母亲的言行，以及我们家人的行为，我在这一部分就医学上的问题，做出最小限度的说明。我有意用"医学上的问题"这个委婉的表达，原因是痴呆症或阿尔茨海默型痴呆症有许多关键点尚未究明，对同一个问题存在着不同的见解。下面，关于用语的定义，均参照在日本得到广泛应用的美国精神医学会的诊断标准（DSM-5）。

阿尔茨海默型痴呆症的定义

首先是"痴呆症"的定义。根据DSM-5，痴呆症是指人在记忆、定向认知能力、行为能力、注意力等多方面认知功能的退行，并由此导致本人处于需要特定援助才能施行日常行为活动（例如支付账单、个人用药管理等）的状态。也就是说，痴呆症并不是一个病名，而是由各种脑部疾患的结果导致的症候群。引发痴呆症的病因除了阿尔茨海默病、额颞叶变性症[1]、路易氏体痴呆症[2]、脑血管障碍、脑内感染等疾病之外，还包括头部外伤、酒精摄入以及药物滥用等。

在此我一并介绍"轻度认知障碍（MCI）"一词的定义。轻度认知障碍虽然指的是痴呆症中同样会出现的精神功能退行，但其并未发展到妨碍日常生活自理的程度。被诊断有轻度认知障碍的人员中，有部分人的认知功能在数年后的退行程度达到痴呆症的确诊标准，但另一方面，也有部分人的认知障碍发展缓慢，到

---

1 额颞叶变性症（frontotemporal lobar degeneration，FTLD）：临床表现为额颞叶痴呆（frontotemporal dementia，FTD），是一组以进行性精神行为异常、执行功能障碍和语言损害为主要特征的痴呆症候群，其病理特征为选择性的额叶和（或）颞叶进行性萎缩。FTLD的病因尚未明确，其在临床、病理和遗传方面具有异质性。
2 路易氏体痴呆症（dementia with lewy bodies，DLB）：一种伴随着行为、认知及活动功能退化的痴呆症。患者的记忆力虽不见得在罹病初期就会衰退，但痴呆的情形还是会随着时间逐渐恶化，通常是当患者的认知功能退化到影响日常生活之后，接受检查而确诊。

后来和因年龄增长所产生的自然变化几乎一致。

"阿尔茨海默型痴呆症"一词指的是病因为阿尔茨海默病的痴呆症。要定义这种痴呆症，除了符合上文所提到的痴呆症定义的状态之外，还应具有发病的潜伏性、病情发展缓慢，以及其他精神疾患或脑血管障碍难以解释的症状。在当代日本，虽然可以通过神经心理学的检查、专业医师的诊查，以及 CT、MRI 等影像（大脑形态的影像诊断）或诸如 SPECT 和 PET[1] 的断层影像来确诊阿尔茨海默病，但最终的诊断结果必须等到患者死后将其大脑解剖才能确定。即使患者疑似罹患阿尔茨海默病，如果程度尚轻，也有可能被诊断为"阿尔茨海默病引发的轻度认知障碍"。

阿尔茨海默型痴呆症患者猛增的现象背后

2012 年，时任筑波大学教授的朝田隆老师发表了关于痴呆症患病率的论文。朝田教授的研究表明，六十五岁以上人口中大约有 15% 的人出现痴呆症病状。2012 年以前，痴呆症在六十五岁以上人口中的患病率仅为 5% 左右。按照朝田教授的数据，2012 年的患病率是过去的三倍。朝田教授的研究成果一经公开，媒体

---

[1] SPECT（Single-Photon Emission Computed Tomography）：单光子发射计算机断层成像术。PET（Positron Emission Tomography）：正电子发射断层成像术。这两种都是核医学的 CT 技术，是使用放射性物质和专用相机生成 3D 图像的成像检查。

抓住猛增的数字进行报道：痴呆症的患病率增长三倍，痴呆症患者人数高达四百八十万。日本国内哗然，大众陷入对痴呆症的恐慌之中。但只要认真读过朝田教授的研究报告，就会明白这个数字不过是超高龄人口增加的必然结果。据推测，四百八十万人之中有二百三十五万人超过八十岁，一百万人超过九十岁。如果分别计算各年龄层的痴呆症患病率，那么八十到八十九岁的人患病率为 26%，九十到九十九岁的患病率为 50%，这个数值和以往的统计没有太大的变化。之所以六十五岁以上人口的患病率上升，是因为原本患病率高的八十到八十九岁的高龄人口数上升。痴呆症患者人数增加也是由于八十到八十九岁和九十到九十九岁年龄段的人口变多。在痴呆症病因的疾病结构中，越是高龄人群，患阿尔茨海默型痴呆症的比例就越高。

请看表 4。白色圆形的面积指代的是各年龄段的人口。黑色圆形是确诊痴呆症的人数。随着人的自然增龄，人的精神状态逐渐走向下坡，因此白色圆形的面积随着年龄上升而越来越小。各位也许听说过"IQ"这个词。IQ 的数值指的是在认知能力测试中，每个人获得的成绩在各年龄段成绩的正态分布中所占的位置。IQ 100 是各年龄段的标准成绩，大概 95% 的人都在 IQ 70—130 这个区间。也就是说，随着年龄的变化，IQ 100 所指代的认知能力是完全不同的。八十五岁的 IQ 100 标准放在五十岁的年龄段则还不及该年龄段的 IQ 50。

表4 正常老龄与痴呆症

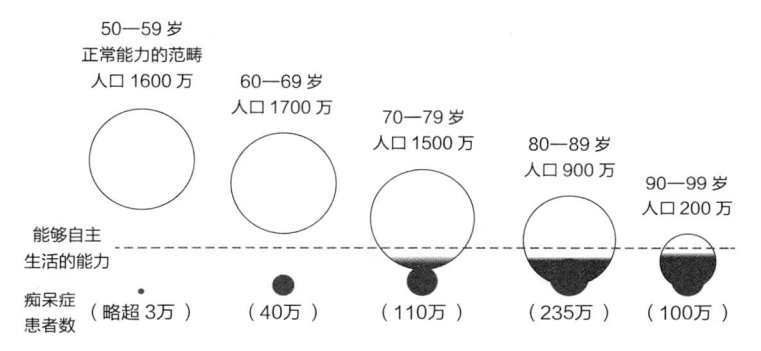

年龄段	50—59岁	60—69岁	70—79岁	80—89岁	90—99岁
人口	1600万（正常能力的范畴）	1700万	1500万	900万	200万
痴呆症患者数	略超3万	40万	110万	235万	100万

各年龄段的人口数为2018年12月总务省的预测值。痴呆症患者数来源于朝田隆所著《都市地区痴呆症发病率与痴呆症下的生活能力障碍的应对》（2013）。年龄增长后，生活能力降低的人口和痴呆症患者逐渐重叠。

如表4所示，五十到五十九岁人口的标准能力（白色圆形）和确诊痴呆症的人的能力（黑色圆形）之间相距甚远。因此，在这个年龄段出现痴呆症的病症，明显是患病。然而，如果是九十岁以上的人群，两百万人中痴呆症患者占一百万人，患病率达到50%，也就是说一半的人在医学上都被确诊为痴呆症。但是，在这个年龄段，正常人的身心也会出现衰老现象，正常的九十岁以上人群的标准能力和九十岁以上痴呆症患者的能力之间并没有太大的差别。

既然有一半人口都满足痴呆症的确诊标准，那我们还能称之为病态吗？超过九十岁的人群有一半因为认知功能的衰退而无法自主生活，我认为与其说是如何诊断、如何治疗的医学问题，不如说是超高龄社会下的社会政策课题。

日本由于医学的进步和国民全民保险制度的普及，逐渐战胜了过去会致死的身体疾患，因此日本成为世界知名的长寿之国。在这样的现实下，直面威胁生活自理的身心功能的衰老变化是现实必然的走向。随着年龄增长，身体不如年轻时灵活。同样，大脑细胞的活跃度也会下降。

尽管我们的社会早就知道这些现实，但怠于对策，以致事态发展到眼下这般严峻。由于痴呆症患者的人数激增，所以上涨护理保险费，上调高龄者医疗保险自费率，实在是无赖。

研发出根治阿尔茨海默病的药物是可能的吗？

在此我想再谈谈另外一点，关于阿尔茨海默型痴呆症的治疗药物。1906年，德国慕尼黑大学的精神学家、神经病理学家阿洛伊斯·阿尔茨海默博士在学会上发表了数名痴呆症患者的病例报告。这些患者的痴呆症发病于初老期，之后急速恶化并在数年内致死。这是关于被后人称为阿尔茨海默病的疾病的首次报告。阿尔茨海默博士将出现同样病态的患者的大脑进行解剖，发现了大脑神经细胞外部附着有细纹状的老年斑，同时发现这些患者的神经细胞中出现了神经原纤维变化。后来的研究发现，这些老年斑实际上是被称为β-淀粉样蛋白的沉积物。于是有了一种设想：如果能够防止β-淀粉样蛋白沉积，那么就有可能防止阿尔茨海默病的发病并阻碍病情发展。将β-淀粉样蛋白沉积物视为阿尔茨海默病的关键诱因的想法，又被称为"β-淀粉样蛋白假设"。

在此假说的基础上，医学专家进行了多种药剂研发实验。21世纪初，医学界不断期待着通过新药物的研发来找到阿尔茨海默病的治疗方法。但很遗憾，到目前为止，此类型的药剂效用未能得到证明。尽管已经开发出减少β-淀粉样蛋白沉积的药物，但无法证明这些药能有效地抑制痴呆症病情的发展。现在市面上正在热议的阿杜卡努单抗也属于该类型的药物。

在未来，阿尔茨海默病能够被治愈吗？我认为现已被研发出来的药物也许对一部分遗传性阿尔茨海默病和年轻型阿尔茨海默病是有效的。然而当下日本社会所面临的最大问题是，八十岁以上的阿尔茨海默病患者数量众多。现有的药物对这些患者恐怕效果甚微。

今天，在患阿尔茨海默病以外的人的大脑内也发现了阿尔茨海默博士当年指出的老年斑以及神经元纤维变化。另外，在确诊阿尔茨海默病的患者中，有不少人的脑内除了老年斑和神经原纤维变化外，还存在着其他并发的病变。更有甚者，不仅限于阿尔茨海默病患者，在高龄发病的痴呆症患者的脑内还会发现复杂多样的血管病变，这些是大脑随着年龄衰老而引起的变化。也就是说，在八十岁之后患上阿尔茨海默病的人，或多或少都受到了自然衰老的影响。如果是这样，那么要研发根治阿尔茨海默病的药物，也就是要通过药物来阻止人的自然衰老进程。自秦始皇以来，找寻不老长寿之药便是人类的梦想。可我们能做到吗？我认为不能。

顺便一提，在如今的日本，以多奈哌齐为例，阿尔茨海默病的四种获批抗痴呆症药物都是用来提高被称为神经遗传物质的神经细胞的活跃度的，而不是作用于我在前文中说明的β-淀粉样蛋白等影响阿尔茨海默病发展的物质的。

重看母亲的诊断

本书以1991年母亲六十七岁那年为起点，对她的日记进行了回顾。母亲到底是从什么时候开始患上痴呆症的？虽然1991年之后的日记里出现了诸如忘东西和与认知功能退行相关的记载，但直到母亲七十四岁的1998年，都无法诊断母亲有痴呆症或是轻度认知障碍。不论是她的个人生活还是社会生活，在她的年龄看来都维持着很高的活跃度。1999年是个转折点，2000年母亲年过七十六岁之后，表面上依然维持着社会性活动，但关于认知功能退行的记载逐渐增加。再加上她在日常行为中遭遇了始料未及的失败，可以认为她在这个时期出现了轻度认知障碍。如同在结城屋纠纷中一样，母亲对于自己认知能力的衰退表现出了过度的反应，这佐证了她缺乏自信，也暗示着她认知功能的退行呈现出与以往不同的样态。这个时期，母亲社会生活的覆盖面逐渐缩小，开始变得需要他人辅助才能维持家庭生活。2004年，母亲八十岁以后，日常生活无法离开家政人员或是女儿的帮助。按照通常的逻辑，此时期往后的母亲理应被诊断为痴呆症。如果是我在门诊遇见和母亲一样情况的患者，在2000年我会确诊对方患有轻度认知障碍，在2004年时则会诊断其患上阿尔茨海默病。

但就如各位读者在本书中所读到的那样，实际上一直到2007年，母亲到八十三岁后才去做了痴呆症的诊断。诊断如此滞后，我想和我是专业医师有关。一方面，我作为儿子并不想面对母亲患上痴呆症的事实；另一方面，包括母亲在内的全家人都太信任我这个专业医师，因而表现得过于乐观。我并不急于让母亲接受诊断还有另外一个原因，在前文中我已做赘述，就算母亲接受了医学诊断，我也并不期待当时的医学能够对她的病情发展起到任何改善作用。

2007年，母亲接受医疗诊断时，医生给出的结果仅仅停留在"从临床症状来看，疑似患有阿尔茨海默病，心理检查和大脑成像检查的结果也符合初期阿尔茨海默病的判断"这个程度。在这一时期的后文中也写道，虽然母亲的日常生活出现障碍，但她在心理检查中的评估成绩并没有很低。MRI显示的结果也良好。如果换作我要对病人解释母亲的检查结果，我大概会说"不排除轻度痴呆症出现的可能性，但检查结果只是稍微低于正常值而已"。就这个时期母亲的认知能力程度而言,大概很多医生是不会说出"疑似阿尔茨海默病"这个结论的。诊断有可能是错误的,如果真的是错误,那这个病名给患者带来的冲击很可能会造成无法挽回的后果。

但是,母亲听过医生的说明后,却理解成了"我以为自己得了痴呆症,但医生并没有这样说。还好只是轻度痴呆症"。母亲的理解和医生的本意之间产生了微妙的误差。母亲在日记里写着"托大家的福,好像没有什么大问题""接着上次,这次也是痴呆检查。好像比上次低了大概两分。我虽然觉得很难堪,但也算放心了",这些描述清楚地反映出母亲理解的误差,也揭示出我必须面对的一个问题:作为痴呆症的临床专家,必须反思自己每日在诊疗中对患者做的检查说明。虽然根据母亲的心理检查和大脑成像检查的结果很难做出定论,但从临床症状来看,她已经不能再独立维持单身生活,因此已经符合痴呆症的确诊条件。从她之后的临床表现来看,患阿尔茨海默病的诊断结果是正确的。

但是,仅从母亲 2007 年所接受的心理检查结果来看,很难诊断为痴呆症。例如,按照认知能力筛查(MMSE)的标准,患者在检查中的得分若低于 23 分即可被视为有痴呆症的可能,24 分以上则为正常。母亲的成绩是 25 分,属于正常范围。之后在 2008 年 2 月的检查中,她的得分也是 25 分,和前年比没有出现下降。同一年的 7 月,得分有了改善,为 28 分。次年得分 22 分,进入了痴呆症的范畴。但是,如果细看母亲在检查中被扣分的地方，实际包括她得分在正常范围内的几次检查，明显可以看出她有典型的阿尔茨海默型障碍，例如记忆新事物的能力降低、对时间和日期的意识弱化、对时间的定向能力出现障碍等。

2007年1月，她还接受了对高龄者认知能力进行评估的COGNISTAT检查。在该检查下的十个检查项目中，母亲在"记忆能力"和"定向能力"两项上的评估分数大幅低于正常范围（9分），但在注意力、理解力、判断力等其他项目上的分数属于正常值范围。尽管她的总体评分正常，但这些评估结果说明她已经出现了阿尔茨海默病的初期症状。2009年和2010年，母亲接受了同样的检查。后两年的检查结果显示她出现了理解障碍，在反映抽象思维能力的类比思维、判断能力等指标上的评估值也低于正常值。

不论心理检查的总得分有多高，如果像母亲这样在日常生活和行动能力上已经出现明显障碍，在记忆能力和定向能力的评估中也出现严重丢分的情况，医生依然会认为有罹患阿尔茨海默病的可能。然而，我认为此时应该思考的问题是，究竟需要多少能力才能维持一个人的日常生活？比如，在过去的农村家庭，三代人、四代人共同生活，家庭成员各自分担家务，如果是这样的生活方式，当家庭成员中有人出现认知功能退行，周围的人很自然地会填补患者的空缺，替他/她分担职责，患者的生活根基不会出现裂痕。但在现代日本社会，人栖息在城市的公寓里，过着孤立的生活，任何事情都必须靠自己来完成。人的身体机能若出现轻微的损害，尤其是行动能力的退化，很容易导致生活的瓦解。痴呆症的诊断以被诊断人能否维持生活状态为重要的考量依据，国际上的诊断基准也承认，根据被诊断人生活的国家、地区、个人的生活状态不同，诊断结果会有所不同。我的母亲虽不是自己一个人生活，但她的社会生活比其他同龄人要更加广泛和多样，因而尽管她在心理检查中有较高的得分，但此时个人生活已经开始遭遇阻碍，可以说她是提前被确诊了痴呆症。

2007年，母亲接受了一种名为"WAIS-III"[1]的更为全面和精密的认知能力检查，从根本上是评估智力能力的检测。母亲的得分是语言性IQ值为132、动作性IQ值为122，两方面结合的综合检查IQ值为130。在WAIS-III检查中，IQ 100为被检查者所属年龄段的标准值。母亲的得分远超同龄人的标准值。IQ在130分以上的人，只占同龄人口的2%。关于此次的检查结果，在此我想展示一下施行检查的指导人、现任上智大学的松田修教授的评估。松田教授是对母亲实施检查的两位指导人之一，他的评估结果对理解母亲的言谈举止有着颇多启示。

> 被检查者在认知能力指数的三个指标（语言性IQ、动作性IQ以及综合IQ）上，均保持着远高于同龄人群平均指数（100）的得分。从被检查者

---

1 WAIS-III：又名韦氏智力量表。

在体现单个领域认知能力水平的四个指标（语言理解、感知推理、工作记忆、处理速度）上的得分，以及整体的认知能力水平来看，感知推理、工作记忆和语言理解这三方面的表现优于同龄人群，但在容易受到脑器质性精神障碍[1]影响的处理速度方面，被检查者处于同龄人群的平均水平，明显低于其他领域的得分。如果把根据本人的教育水平、生活状况等因素推测出的预估分数和此次处理速度方面的实际得分相对比，可以得出的结论是，此次在处理速度上的得分并非被检查者理应具备的水平。该检查结果反映出本人出现了明显的认知功能退行，也符合原本具有高水平认知能力的阿尔茨海默病患者在接受认知能力检查时所呈现的特征。

根据上述分析，此次检查结果符合原本具有高水平认知能力的人患上阿尔茨海默病后的初期特征。从检查结果可以推断，原来被检查者可以高效率处理的日常活动，很有可能在这个时期已经开始变得屡遭困难，无法顺利处理。同时，由于此时期的被检查者在其他认知领域依然保有高水平的状

---

[1] 脑器质性精神障碍（brain organic mental disorders）：指由于脑部感染、变性、血管病、外伤、肿瘤等病变引起的精神障碍，又称脑器质性精神病。随着人类寿命的延长，老龄人口逐渐增加，脑器质性精神障碍的发病率也明显增高。

态，可以推论出本人会对自身出现的能力衰退进行充分的反省，同时依然具备记录的能力。因而，本人会对自身的能力状况产生深刻的担忧，其程度远超周围人的预估。

不管怎样，母亲的心理检查结果所表明的能力退行和阿尔茨海默病的特征并无矛盾之处。可是，母亲依然保持着较高水平的理解能力和判断能力，就如同松田教授所指出的那样，这既是支撑母亲的力量，同时也成为她内心痛苦的放大镜。在八十岁前后确诊阿尔茨海默型痴呆症的患者中，许多人哪怕到生命的最后一刻，也能在不同程度上意识到自己出现了能力退行。这一点和年轻型阿尔茨海默病非常不同。后者的情况是人的所有能力都同样地发生衰退。因此，哪怕医生根据患者去世后的大脑情况分析出类似的神经病理学分析结果，但年轻型阿尔茨海默型痴呆症和高龄段病发的阿尔茨海默型痴呆症，两者有着不同的临床症状。这是我的观点。

母亲的 / 人生之旅

1991年至1999年的第一阶段，在这九年里，母亲制作了一本短歌的书，短歌是贯穿母亲一生的爱好，亦是她的心灵寄托；她前往蒙古哀悼在西伯利亚滞留中丧命的哥哥；为了印证自己出生后就跟随的信仰，她前往以色列、梵蒂冈、阿西西。母亲出生于大正时代末期，在昭和初期度过了童年，又被第二次世界大战随意掌控自己的青春。母亲在战败后迅速走向婚姻，婚后一心照料丈夫的生活，把养育三个孩子视为自己生命的全部。我们可以将这一阶段母亲的行为理解为一位经历了时代变迁的平凡女性在丈夫去世后，再度投身自由生活的浪涛之中。

然而，母亲在这段时间的生活在我看来，与其说是讴歌自由，更像是一股脑儿地抓紧把自己还未完成的事情统统实现。教授外国留学生日语、学习西班牙语、上钢琴课，参加女子大学时期的同学组成的古典文学学习会，等等。母亲的生活繁忙到远超她的实际能力。粗略一看，她好像在随意开拓自己的活动领域，但实际上，母亲的各个行动之间存在着关联。对信仰的渴望、对古典文学和音乐的憧憬、想回馈社会的心愿，母亲所做的每一件事情，都是想要实现自己从少女时期就一直怀揣的梦想。

我在本书的开头写道，母亲在五岁和十二岁的时候分别失去了双亲，是就读于帝国大学的两个哥哥和就读于女子大学的两个姐姐将母亲抚养长大。母亲在成长的过程中没有可以视为榜样的大人，从某种意义上来说，她直到去世都一直宛如少女。重读母亲在这段时间里写的日记，我感觉它们似乎由一位少女写下。可是，当母亲的认知功能表现出明显的退行时，这样充实又忙碌的生活方式反而成为她的桎梏。如果她过的是更悠闲散漫的生活，便不易察觉到一些能力的衰退。但现实是，母亲每天都要直面自己能力的衰退。

这一阶段进入尾声的 1998 年，母亲突然开始书写自己的临终笔记，仿佛她已经预感到自己的身体即将出现变化，并开始为此做准备。诚然，母亲此时并未意识到自己出现了阿尔茨海默病的症状。临终笔记这个举动，更像是她的一个决心，一个心愿。在尽情尝试想做的事情，并收获了由此带来的成就感之后，她想要按照自己的意志去面对衰老的下坡路。遗憾的是，母亲并未如愿，她不能按照自己的意志沿着这条下坡路走下去。

从 2000 年到 2003 年的第二阶段，和母亲被认为患上痴呆症到病状逐渐明显的时期一致。在前半段的两年时间里，母亲还能想办法努力维持之前的生活方式，但到了后面两年，她开始一点点地放弃一直做的事情。在日记里，她写下怀疑自己得了老年痴呆的忧虑，也多了一些鼓励自己的记载。请再次看表 2（第 88 页），2002 年以后，表示"担忧、后悔"的词语出现的频率猛然上升，超过了此前她用来调整心态的表示感动、幸福和感谢的词语。从表中可知，当作为身边人的我们对母亲逐渐明显的生活能力障碍感到越发不安的时候，母亲的内心也同样累积着不安的情绪，她不断地在日记里写下自己的恐惧和痛苦。

从 2004 年到 2008 年的第三阶段，母亲的朋友关系和社会活动几乎完全进入了封闭状态。她很少对认知功能退行做出抵抗，更多的时候，她只是被动地接受认知功能退行以及由此产生的生活困难带来的折磨。

日记中和痴呆症有关的记载在 2006 年达到了峰值（第 30 页，表 1），往后又下跌。原因在前文中也做过说明，因为欠缺日记记载的天数在 2007 年以后迅速增加（第 142 页，表 3）。2009 年，在母亲以笔记代日记的日子里，和认知功能退行以及由此引发的失败相关的记载占比高达 64.3%。在这个时期，只有和女儿或值得信任的看护人员单独在家安静地度过两人时光，才能让母亲感到心灵的宁静。过去，母亲总是期待着和弟弟一家人见面，而到了这个时候，乘坐陌生的电车往返，还有弟弟和家人特意为母亲准备的宽敞的旅店房间，都只会让母亲感到不安。我和母亲单独相处的时候，也无法像妹妹那样带给母亲平静。仅有一次，我和她在院子里除草的时候，当时她安然的面容让我至今难以忘怀。

从2008年到2011年，母亲几乎完全丧失了掌控生活的主体性。但她没有就此彻底依靠别人的照料，过上悠闲的逍遥日子。母亲留下的文字里充斥着她内心的不安。碎片化的语句反而更加鲜明地表露出她内心的混乱和困惑。2008年，母亲住进养老院后，情况也并未见好转。尤其是当她半夜突然醒来时，周围的一切都会让她感到惶恐。每每读到日记里的这些地方，我都会泣不成声。母亲和家人一对一相处的时候，即使没有一起做什么事情，也能感到安心。但当家人从她眼前消失，就会在她内心深处埋下不安和混乱的种子，母亲再也未能获得长时间的宁静。

在生命的最后一程，母亲因为没有吸氧，也没有通过末梢血管补充水分，所以无法进食，呼吸能力也随之衰弱下去，她的生命何时抵达终点只是时间问题。和光医院的工作人员努力让母亲保持身体的舒适，用冰湿润她干燥的嘴唇，经过母亲病房的时候会跟她打招呼，给予她言语上的鼓励。母亲在去世前一天的傍晚见到了我，在夜里见到了前来看望的妹妹，在生命最后一天的清晨，她听见弟弟和弟媳的呼唤，微微地睁开眼睛。母亲在安宁中停止了呼吸。

我并非充满自信地选择了这样的送别方式。如果能更早一点、更主动地采取医疗措施，母亲是否会活得长一些呢？我是不是因为疲于照顾母亲才选择了最省事的方式？从把母亲接到自己工作的医院开始，一直到她去世，这期间我的心里都充满了不安和负罪感。当我在母亲留下的临终笔记中读到她希望自己患病后不采取任何措施的指示，我才得以从内心纠葛中获得救赎。直到母亲生命的最后一刻，我都是一个靠不住的儿子，而母亲哪怕已经离开了这个世界，她依然为她的孩子着想，对我的不孝予以原谅。

后记

在书的前言中，我列举出了写本书的两个目的。第一，打破精神医学上认为痴呆症患者无法理解自身出现健忘等认知功能退行的迷信。第二，通过一名在逐渐远去的昭和时代将自己奉献给家庭，又以遗孀的身份进入平成时代的平凡女性的语言，编织出一部个人时代史。在书的最后，我想稍微转换视角，从儿子和精神科医师的角度，考察构成母亲行为的机理。

母亲时常说起她父母的故事。母亲五岁丧母，十二岁失去父亲，因此我不知道她讲述的关于双亲的回忆是实际发生过的事情，还是在记忆残片上润色后的故事。虽然她只在父母的养育下度过了短暂的时光，但这些时光因其短暂，反而对母亲产生了深远的影响。尤其是当她的母亲去世后，和父亲度过的数年时光对她而言是无可替代的回忆。

在母亲心中,父亲的形象一直是孩提时代印象里的那个理想父亲。母亲一生都爱不释手的两本字典:简野道明的《字源》和大槻文彦的《大言海》,都是父亲曾经的爱用品。双亲辞世后,养育她并为她指引方向的是当时还在念书的哥哥和姐姐。普通家庭的孩子会从父母身上感受到现实社会的纠葛与挣扎,母亲在成长过程中却无从知晓。家人的存在与他们各自的人生姿态于年幼母亲心里留下烙印,在她后来的一生里从未褪色,并且塑形了她的晚年生活。

与此同时,母亲的人生也折射出她生活的时代。战争夺走了她的青春岁月,战后的自由之风才刚把恩泽吹拂向她,很快她又踏进了家庭的大门。长久以来,她在那扇门内扮演着一位妻子、一位母亲的角色。尽管我认为我们一家人的生活相比于同时代的中产家庭来说还算幸运,但母亲的心里始终有处未能被填补的缺口。也许是母亲过往的人生造就的那道缺口,也许那道缺口是母亲对自己无法彻头彻尾地成为一位成熟大人而感到的不甘心。

母亲在昭和时代的尾声失去了丈夫。欲找回曾经丧失的青春年华的冲动,让重获自由时间的母亲对之后的生活充满了激情。还有一点,通常幼年时代的憧憬会因为现实生活中的不断妥协而褪去曾经的明艳色彩,但由于母亲特殊的成长环境,那些孩提时代的憧憬依然完好地留存在她的心底。它们成为母亲在晚年生活中不断乃至过度扩大自己社会生活的原动力。

在晚年的后半段时间里,母亲的认知功能出现明显障碍,阿尔茨海默病的脑病理以及大脑的衰老变化这两个生物学因素限制了她的行为。一开始母亲持有对抗的态度，奋力维持自己以往的生活。但后来她的抵抗逐渐走向瓦解，大脑功能不断发生退行，在生命最后的几年，她既无法保持生活的自理，也无法维持精神的自律。

尽管母亲的人生受到成长环境、时代和生物学变化的制约，但她依然努力地按照自己的意志度过晚年。母亲留下来的这些文字传递着她的信念。当自律能力被痴呆症剥夺之后，她依然挣扎着尝试做出改变，从未放弃。

母亲留在养老院房间里的笔记本中，夹着一张绿色的小卡片。卡片上她用粗油性笔写着："万事虽难如愿，我仍要笔直踏步，一路前行。玲子。"这大概是母亲去世前一年装饰在圣诞树上的卡片。圣诞节结束后母亲把小卡片收了回来，经过反复揣摩，将自己的心绪付诸笔墨，写下了上面的短歌。虽然她不知道自己为何而写，但我认为眼前这略显生硬的短句，以及竭力创作一首短歌的行为本身才是母亲的人生总括。看到创作的过程，我回想起母亲看到自己的短歌被评价为只有大道理而缺乏真心实意时所发出的哀叹。这也许是母亲一生中创作的最后一首短歌。

我升入小学中年级以前，有几次在课堂上，突然害怕地想到自己的母亲可能死掉了。这份恐惧让我坐立难安，一下课就十万火急地飞奔回家。当时我是跨区上学，从隔壁学区的小学到我家，用孩子的步速大约要走二十到三十分钟。我气喘吁吁地飞奔回去，只顾着赶快到家，连书包都忘在了学校。在我的记忆里，有过三次这样的情况。我到了家门口，却不敢进去，因为怕母亲在里面死掉了。我在门外徘徊了很长时间，终于咬紧牙关冲进家门，看到母亲还活着，心里的大石头才算落了地。

爷爷在我念高中二年级时去世了。葬礼结束后，有几位客人来拜访父亲，他们很低调，仿佛想避开其他人的目光。是奶奶老家那边的人，他们之前在改葬时发现了爷爷送给奶奶的戒指。这次来是把戒指送回给父亲的。奶奶的遗骨留在她的老家，说明她没有进入斋藤家族的墓地。当时我明白了：奶奶来到斋藤家时，是以生下长男为入籍条件的。她在生下长男，也就是我的父亲后便不幸去世。奶奶的名字叫阿菊，爷爷为了纪念奶奶，给父亲取名为菊夫。

岁月蹉跎，我成为精神科医师后，将年幼时对母亲死亡所感到的病态的不安和恐惧，理解为是父母内心不安的一种表象。当时还是小学生的我，对父母的成长环境一无所知。即便如此，孩子也会继承父母的心境，如果换一种方式去理解，可以说父母的心理状态会在各种维度上决定孩子的心理状态。直到中学毕业，我都认为，母亲永远待人温柔，而沉默寡言的父亲在关键时刻总会挺身而出，伸出援手。我对双亲进行理想化润色的心理和母亲当初的心绪别无二致。这也许是独立于生物学遗传之外的，应被称为心理遗传的现象。心理遗传与生物学遗传同样决定了母亲的行为，也对我的心理产生了很大的影响。我的书架上现在还放着《字源》和《大言海》。《字源》是新版，《大言海》是母亲放在手边的大槻文彦版本。

今年我已年过七十。2011年母亲辞世,她诚然不知翌年我成为松泽医院的院长。去年,六十九岁的我辞去了院长的工作。当我开始思考如何度过自己的余生时,母亲的教诲依然是我宝贵的指引之一。于是,我决定只要自己还有能力做点事情,为了养育我、支撑我的社会,我决意在对社会有意义的地方继续自己的工作,当某天我对自己的能力产生怀疑的时候,我会默默地抽身而去。

尽管我没指望过母亲在世时会有抗痴呆症的药物面世,但时至今日,我依然会想,如果母亲能够在自己的大脑机能衰退之前,适当缩小自己的生活半径,也许能过得更快活一些。成长在自由时代的我,不会像母亲那样,想在自己获得自由的余生中弥补过去的遗憾。我只求自己能平静地接受衰老,达"无为而自化"[1]之境。

---

[1] 无为而自化:原文取自《老子·第五十七章》:"故圣人云:'我无为,而民自化。'"此处根据文脉意思,酌情修改。

致谢

我之所以能面对母亲的日记,是因为母亲的晚年生活并未过于悲惨,换一种角度,在今天我可以说一家人当时做了应该做的努力。我衷心感谢朝日幼儿园的伙伴,在母亲生命的最后阶段依然邀请她去参加古典学习会的东京女子大学国文专业的各位同学、支撑母亲信仰的天主教船桥教会的各位信徒、短歌同人会的各位、在母亲需要护理的时候帮助她的贝乐生 Kurara 用贺养老院的各位工作人员、在翠会和光医院静静守护母亲走完生命最后旅程的石川容子护士长以及各位医护人员,感谢各位让母亲的心灵变得更加充盈。

癌研有明医院的佐野武院长是我的同学及好友。母亲在痴呆症病发后接受风险较高的外科手术时,感谢佐野院长给予的关照。松泽医院的内科主任医师犬尾英里子是我多年的好友，亦是我的同事，每当我们对母亲的许多身体疾患的治疗方针感到迷茫时，犬尾医生都给出了精准的建议。上智大学的松田修教授和他的学生紫藤惠美女士、相泽亚由美女士不仅坚持对母亲的认知功能进行评价和后续的康复训练，还对母亲和我们家人之间的沟通提供了宝贵的帮助。

感谢岩波书店的猿山直美女士，让此书得以问世。在出版每况愈下的今日，感谢她尽心尽力，接纳我的任性，让这本书能够以最接近我构想的形式出版。铃木真理子女士多年以来一直担任我的秘书，从书稿刚刚起步，直到最终完成，她一直给予我十分受用的意见。没有两位的鼎力相助，我的稿件无法付梓成册。

最后，我和妻子、弟弟、妹妹及其他家人一起怀着感谢，将此书献给母亲。

2022 年 8 月

斋藤正彦

《紫藤花》出版庆祝宴上的全家福
前列正中间为母亲，左边为作者（1993年）

在养老院的母亲（右）和紫藤惠美女士（2010年）

图书在版编目（CIP）数据

我的阿尔茨海默母亲 /（日）斋藤正彦著；童桢清
译. -- 天津：天津人民出版社, 2025.3
ISBN 978-7-201-20845-9

Ⅰ. I313.55

中国国家版本馆CIP数据核字第2024AV1274号

ARUTSUHAIMABYOU NI NATTA HAHA GA MITA SEKAI: KOTOSUBETE KANAUKOTOTOHA OMOWANEDO
by Masahiko Saito
© 2022 by Masahiko Saito
Originally published in 2022 by Iwanami Shoten, Publishers, Tokyo.
This simplified edition published in 2025
by United Sky (Beijing) New Media Co., Ltd., Beijing
by arrangement with Iwanami Shoten, Publishers, Tokyo
Simplified Chinese edition copyright © 2025 United Sky (Beijing) New Media Co., Ltd.
All rights reserved.

著作权合同登记号 图字：02-2024-173号

我的阿尔茨海默母亲
WO DE A'ERCIHAIMO MUQIN

出　　　版	天津人民出版社
出 版 人	刘锦泉
地　　　址	天津市和平区西康路35号康岳大厦
邮政编码	300051
邮购电话	022-23332469
电子信箱	reader@tjrmcbs.com
选题策划	联合天际·文艺生活工作室
责任编辑	李佳骐
特约编辑	徐立子
美术编辑	冉　冉
封面设计	孙晓彤
制版印刷	大厂回族自治县德诚印务有限公司
经　　　销	新华书店
发　　　行	未读（天津）文化传媒有限公司
开　　　本	787毫米×1092毫米 1/32
印　　　张	10
字　　　数	194千字
版次印次	2025年3月第1版 2025年3月第1次印刷
定　　　价	58.00元

关注未读好书

客服咨询

本书若有质量问题，请与本公司图书销售中心联系调换
电话：(010) 52435752

未经许可，不得以任何方式
复制或抄袭本书部分或全部内容
版权所有，侵权必究